Knaus

K

Willa Cather

Das böhmische Mädchen

Aus dem Amerikanischen
von Stefanie Kremer

Knaus

I

Der Transkontinentalexpress wand sich durch das kurvige Sand River Valley. In der hintersten Reihe des Panoramawagens hatte es sich ein junger Mann recht bequem gemacht; das grelle Sonnenlicht, das auf sein gebräuntes Gesicht, den Nacken und den kräftigen Rücken niederbrannte, störte ihn nicht im Geringsten. Er machte einen entspannten, sehr trägen Eindruck, und mit seinen breiten Schultern sah er fast schon schwerfällig aus, bis er aufstand und sich reckte. Er trug ein helles Flanellhemd und um den Hals ein locker gebundenes blaues Seidentuch. Seine weiten Hosen wurden am Bund von einem Gürtel gehalten, und die kurze, gerade geschnittene Jacke stand offen. Die schweren Schuhe sahen arg abgetragen aus. Sein rötlich braunes Haar hatte ebenso wie seine Kleider einen fremdländischen Schnitt. Er hatte tief liegende dunkelblaue Augen unter buschigen, rötlichen Brauen. Um sauber und gepflegt auszusehen, musste er sich stets gründlich rasieren, doch selbst die schärfste Klinge ließ noch immer einen gelben Schimmer auf seiner glatten, braunen Haut zurück. Seine Zähne und die Innenflächen seiner Hände waren sehr weiß. Den Kopf, der kantig und stur wirkte, hatte er gleichmütig gegen das grüne Polster des Sitzes gelehnt, und als er so in die reife Sommerlandschaft hinausschaute, spielte ein spöttisches, nicht unfreundliches Lächeln um seine Lippen. Einmal, während er sich da behaglich in der Sonne rekelte, blitzte es plötzlich in seinen Augen auf, die Pupillen weiteten sich ganz seltsam, und der Mund wurde zu einem harten, schmalen Strich, der sich allmählich wieder entspannte und zu jenem ursprünglichen, gutmütig spöttischen Lächeln zurückfand. Offenbar ermahnte sich der junge Mann, dass es gar keinen Grund zur Beunruhigung gebe; und er schien sich meisterlich darauf zu verstehen, immer und überall die Ruhe zu bewahren. Weder der schrille Pfiff der Lokomotive noch der Ruf des Bremsers versetzten ihn in Aufregung. Er wartete, bis der Zug hielt, dann erst stand er auf, setzte sich einen Panamahut auf, nahm einen kleinen Handkoffer und einen Flötenkasten aus dem Gepäcknetz und trat gemächlich auf den Bahnsteig hinaus. Das

Gepäck war bereits ausgeladen, und der Fremde wies einen Abholschein für einen ziemlich ramponierten Überseekoffer aus Leder vor.

«Könnten Sie den einen oder zwei Tage lang hier aufbewahren?», fragte er den Gepäckträger. «Vielleicht lasse ich ihn abholen, vielleicht aber auch nicht.»

«Hängt wohl davon ab, ob Ihnen die Gegend hier gefällt, was?», fragte der Gepäckträger in angriffslustigem Ton.

«Ganz genau.»

Der Gepäckträger zuckte die Schultern, warf einen verächtlichen Blick auf den kleinen Handkoffer, auf dem die Initialen «N.E.» standen, und gab seinem Gegenüber ohne weiteren Kommentar einen Abholschein. Der Fremde sah ihm zu, wie er den Überseekoffer an einem Ende packte und in den Gepäckraum schleifte. Das Verhalten des Gepäckträgers schien eine lustige Erinnerung in ihm zu wecken. «Das Städtchen hier sieht ja nicht allzu groß aus», bemerkte er, während er sich umschaute.

«Für uns reicht's», blaffte der Gepäckträger und stieß den Koffer mit einem lauten Poltern in eine Ecke.

Auf diese Antwort hatte Nils Ericson offenbar gewartet. Während er einen Lederriemen aus der Tasche zog und sich den Handkoffer über die Schulter warf, lachte er leise. Dann drückte er sich den Panamahut fest auf den Kopf, schlug die Hosenbeine um, klemmte sich den Flötenkasten unter den Arm und marschierte über die Felder davon. Er machte, wie er es ausgedrückt hätte, einen weiten Bogen um die kleine Stadt und ging über eine große, umzäunte Weide. Als er sich am anderen Ende der Weide unter dem Stacheldrahtzaun durchrollte, kam er auf einer staubigen weißen Straße heraus, die vom Flusstal direkt ins höher gelegene Prärieland führte, wo der Weizen gelb auf den Feldern stand und die Blechdächer und Wetterhähne im grellen Sonnenlicht funkelten. Als Nils drei Meilen weit marschiert war, ging die Sonne langsam unter, und die Farmwagen rumpelten auf ihrem Heimweg von der Stadt an ihm vorbei, hüllten ihn in Staubwolken und brachten ihn zum Niesen. Als einer der Farmer hielt und ihm anbot, ihn mitzunehmen, kletterte er dankbar auf den Wagen. Sein Fahrer war ein dünner, grauhaariger alter Mann mit einem langen, mageren Hals und einem komischen Bärtchen, das wie das einer Ziege aussah. «Wo woll'n Se denn hin?», fragte er, als er den Pferden zuschnalzte und losfuhr.

«Kommen Sie bei der Farm der Ericsons vorbei?»

«Von welchen Ericsons?» Der alte Mann zog die Zügel an, als müsste er gleich wieder anhalten.

«Prediger Ericson.»

«Ach, die Farm von der alten Lady Ericson!» Er drehte sich um und sah Nils an. «Jemine! Wenn Se da raus woll'n, hätten Se gleich mit dem Automobil fahren können. Das is jetzt aber schade. Die alte Lady Ericson war doch mit ihrem Auto in der Stadt. Vielleicht ham Se's ja irgendwo beim Postamt oder vorm Metzger rumknattern hören.»

«Hat sie denn ein Automobil?», fragte der Fremde gedankenverloren.

«Na, und ob sie eins hat! Jeden Abend so um die Zeit jetzt fährt sie in die Stadt, um ihre Post zu holen und Fleisch fürs Abendessen. Ein paar von den Leuten hier sagen ja, sie hat Angst, ihr Auto kriegt nich genug Bewegung, aber ich sag, das is bloß Neid.»

«Gibt es hier denn sonst keine Autos?»

«Oh doch! Vierzehn Stück ham wir insgesamt hier. Aber keiner fährt so viel rum wie die alte Lady Ericson. Die is immer unterwegs, ob's regnet oder schön is, kurvt durchs ganze Land, in die Stadt und wieder raus, zwischen ihren Farmen hin und her und zu den Farmen von ihren Söhnen. Sind Se sicher, dass Se nich zur falschen fahren?» Er reckte den Hals und beäugte neugierig und gespannt Nils' Flötenkasten. «Die alte Dame hat kein Klavier, jedenfalls nich, soweit ich weiß. Olaf, bei dem steht ein Flügel. Dem seine Frau is musikalisch; hat mal Unterricht in Chicago gehabt.»

«Da fahre ich morgen hin», sagte Nils gelassen. Er merkte, dass der Fahrer ihn für einen Klavierstimmer hielt.

«Ah ja, verstehe!» Der alte Mann kniff die Augen zusammen. Er war etwas enttäuscht, dass der Fremde so wenig sprach, doch bald schwatzte er von Neuem drauflos.

«Ich bin einer von Mrs. Ericsons Pächtern. Kümmere mich um eine von ihren Farmen. Das is mal meine eigene Farm gewesen, aber die hab ich schon vor 'ner ganzen Zeit verloren, in den schlimmen Jahren damals nach der Weltausstellung. Auch gut, sag ich. Muss ich wenigstens keine Steuern drauf zahlen. Den Ericsons gehört jetzt fast die ganze Gegend hier. Ich weiß noch den Lieblingstext vom alten Prediger: ‹Denn wer da hat, dem wird gegeben werden.› Die haben sich ganz schön ausgebreitet – haben das Land hier überzogen wie Ackerwinde. Aber ich gehör nich zu denen, die ihnen das missgönnen. Jeder hat das Recht, sich zu nehmen, was er kriegen kann; und die sind nun mal gerissen. Olaf, der is jetzt im Stadtrat und kommt wahrscheinlich in den Kongress. Da, hör'n Se, wenn das man nich die alte Dame is, die da kommt. Soll ich sie anhalten?»

Nils schüttelte den Kopf. In der klaren Dämmerung hinter ihnen hörte man das regelmäßige, dumpfe Tuckern eines Automobils. Die hellen Lichter des Wagens strömten über den Hügel, und der alte Mann ließ die Zügel schnalzen und machte die Straße frei; als hinter ihm der erste von drei wütenden Schnaubern ertönte, zog er den Kopf ein. Das Auto fuhr mit hoher, gleichmäßiger Geschwindigkeit und überholte sie, ohne auch nur einen Zoll breit von seinem Kurs abzuweichen. Vorn am Steuer saß eine robust wirkende Frau in bequemer Haltung, die beim Fahren nicht einmal ein Tuch um den Kopf trug. Sie zog eine Staubwolke und einen durchdringenden Benzingeruch hinter sich her. Ihr Pächter warf den Kopf in den Nacken und nieste.

«Puh! Ich sag ja manchmal, ich bin ebenso gern *vor* Mrs. Ericson wie hinter ihr. Sie übertrifft wirklich alles! Fast siebzig, aber nie lässt sie jemand anders dieses Auto auch nur anfassen. Jeden Morgen startet sie's selbst, und den ganzen Tag lässt sie's mit laufendem Motor am Pferdeholm stehen. Wenn ich bei der Arbeit mal 'ne Pause mach, um ein Schluck Wasser zu trinken, hör ich sie immer den Staub auf der Straße aufwirbeln. Ich glaub ja nich, dass ihre Schwiegertöchter sich noch mal einfach so hinsetzen und ausruhen können. Die wissen ja nie, wann sie reingeschneit kommt. Misses Otto, die sagt zu mir: ‹Wir haben ja solche Angst, dass das Ding einmal in die Luft geht und Ma sich verletzt, sie ist so schrecklich leichtsinnig.› Da sag ich: ‹Ich würd mich da nich aufregen, Misses Otto; die alte Lady fährt mit dem Auto noch zu den Beerdigungen von all ihren Schwiegertöchtern.› Das war, nachdem die alte Dame mit dem Auto mal ein Satz über so'n richtig bösen Hubbel gemacht hat.»

Der Fremde hörte dem alten Mann nur mit halbem Ohr zu. Just in diesem Augenblick verspürte er etwas, das sich sehr nach Heimweh anfühlte, und er fragte sich, was das wohl ausgelöst hatte. Ein oder zwei Namen vielleicht, die erwähnt wurden; das Rumpeln eines Wagens auf einer staubigen Straße; der schwere, harzige Geruch nach Sonnenblumen und Vernonien, der mit der Feuchtigkeit der Nacht von den Anhöhen und aus den Senken heranwehte; vielleicht aber auch, mehr als alles andere, die tanzenden Lichter des Automobils, das vorbeigebraust war. Mit einem angenehmen Gefühl der Stärke straffte er die Schultern.

Der Wagen holperte weiter nach Westen und erklomm einen stetig ansteigenden Hang. Je weiter sich das Land von dem rauen Flusstal entfernte, desto sanfter wellte es sich empor, als wäre es vom Wind glatt gestrichen worden. Auf einem der letzten zerklüfteten Felsausläufer stand am Ende eines Abzweigs ein düsteres, gedrungenes Haus mit einem Blechdach und zwei Veranden. Hinter dem Haus erstreckte sich eine Reihe geborstener, windzerzauster Pappeln, und auf der linken Seite standen über den ganzen Hang verstreut die

Schuppen und Ställe. Der alte Mann hielt die Pferde an der Gabelung an, wo die Straße der Ericsons ein trockenes Flussbett überquerte, das sich um den Fuß des Hügels wand.

«Das da is die Farm von der alten Lady. Soll ich bis zum Haus fahren?» «Nein, danke. Ich springe hier ab. Haben Sie vielen Dank. Gute Nacht.»

Der Passagier kletterte über das Vorderrad vom Wagen, und der alte Mann fuhr nur ungern weiter; immer wieder blickte er zurück, als wollte er sehen, wie der Fremde wohl empfangen würde.

Als Nils gerade das trockene Flussbett überquerte, hörte er das nervöse Getrappel eines Pferdes, das den Hügel herab auf ihn zukam. Im selben Augenblick war er von der Straße verschwunden und stand hinter einem Dickicht aus wilden Pflaumenbüschen, das im sandigen Flussbett wuchs. Er spähte durch das Halbdunkel der Abenddämmerung und sah ein elegantes Pferd, das, an kurzem Zügel gehalten, den Hügel in scharfem Schritt herabkam. Es wurde von einer schlanken Frau geritten, die gegen den dunklen Hang kaum zu erkennen war und eine altmodische Melone zu einem langen Reitkostüm trug. Sie saß locker und mit erhobenem Kopf im Sattel und hatte den Blick offenbar in die Ferne gerichtet. Als sie an dem Dickicht wilder Pflaumen vorbeiritt, witterte das Pferd etwas in der Nachtluft und scheute. Sie versetzte ihm einen Schlag und zog die Zügel scharf an, wobei sie auf Böhmisch ärgerlich «*Blázne!*» ausrief. Als sie die Hauptstraße erreicht hatten, ließ sie das Pferd in weiten Sätzen losgaloppieren, und bald schon tauchten die beiden auf dem Rücken des Hochlands auf, wo sie den Horizont entlangritten; ihr Umriss zeichnete sich gegen den Streifen fahlen Lichts ab, der im Westen noch immer zu sehen war. Das Pferd und seine Reiterin, die gelöst und gleichmäßig dahingaloppierten, waren die einzigen Gestalten weit und breit, die sich über das ebene Land bewegten. In jenem letzten, traurigen Abendlicht schien es, als wären sie nicht zufällig dort, als bildeten sie einen unverzichtbaren Teil der Landschaft.

Nils blickte ihnen nach, bis sie zu einem bloßen Punkt geschrumpft waren, der gegen den Abendhimmel dahinglitt, dann überquerte er das sandige Flussbett und stieg den Hügel hinauf. Als er das Tor erreichte, war die Vorderseite des Hauses dunkel, doch in den Seitenfenstern schimmerte Licht. Draußen im Pferch quiekten die Schweine, und Nils sah einen hoch aufgeschossenen Jungen, der sich mit zwei großen Holzeimern zwischen den Tieren hin- und herbewegte. Auf halbem Weg zwischen der Scheune und dem Haus keuchte träge das Windrad. Nils folgte dem Pfad, der um das Haus zur hinteren Veranda führte, und blieb stehen, um durch das Fliegengitter in die erleuchtete Küche zu schauen. Die Küche war der größte Raum des Hauses; Nils erinnerte sich an die Tanzabende, die seine älteren Brüder dort immer veranstaltet hatten, als er noch ein Junge war. Neben dem Ofen stand ein kleines Mädchen mit zwei flachsblonden Zöpfen und einem runden, erhitzten Gesicht und spähte besorgt in eine Bratpfanne. Im angrenzenden Esszimmer machte sich eine große, breitschultrige Frau am Tisch zu schaffen. Sie ging mit lebhaften, federnden Schritten umher. Ihr Gesicht hatte grobe Züge, war von kräftiger, roter Farbe und nahezu faltenfrei, und ihr Haar war trotz ihrer siebzig Jahre noch schwarz. Nils verfolgte ihre wohlüberlegte Geschäftigkeit mit den Blicken. Er verspürte Stolz auf sie; nie zeigte sie das kleinste Zögern, jeder ihrer Handgriffe saß. Er wartete, bis sie in die Küche herauskam, das Kind beiseiteschob und dessen Platz am Ofen einnahm. Dann klopfte er leicht an die Fliegentür und trat ein.

«Ich bin's nur, Mutter, Nils. Du hast mich wahrscheinlich nicht erwartet.»

Mrs. Ericson wandte sich vom Ofen ab, blieb stehen und starrte ihn an. «Bring mir die Lampe, Hilda, damit ich etwas sehen kann.»

Nils lachte und ließ den Handkoffer von der Schulter gleiten. «Was ist los, Mutter? Erkennst du mich denn nicht?»

Mrs. Ericson ließ die Lampe sinken. «Du musst tatsächlich Nils sein. Du hast dich jedenfalls nicht sehr verändert.»

«Du dich auch nicht, Mutter. Du bist ganz dieselbe geblieben. Brauchst du noch keine Brille?»

«Nur zum Lesen. Wo ist dein Gepäck, Nils?»

«Ach, das habe ich in der Stadt gelassen. Ich dachte, es macht dir vielleicht zu viel Umstände, wenn du so kurz vorm Dreschen Besuch bekommst.»

«Sei nicht albern, Nils.» Mrs. Ericson drehte sich wieder zum Ofen. «Ich muss nicht mehr dreschen. Die Weizenfelder gehören jetzt zur benachbarten Farm, und ich habe dort einen Pächter. Hilda, bring heißes Wasser hoch ins Gästezimmer, und dann geh und hol Eric.»

Das flachsblonde Mädchen, das in stummem Erstaunen dagestanden hatte, nahm den Teekessel und zog sich zurück, nachdem es Nils von der Tür zur Küchentreppe aus einen langen, bewundernden Blick zugeworfen hatte.

«Wer ist die Kleine?», fragte Nils und ließ sich auf die Bank hinter dem Küchenofen fallen.

«Eins der Kinder von deinem Vetter Henrik.»

«Wie lang ist Vetter Henrik jetzt schon tot?»

«Sechs Jahre. Er hat zwei Söhne hinterlassen. Einer ist bei Peter untergebracht und einer bei Anders. Olaf ist ihr Vormund.»

Von der Veranda her erklang das Scheppern von Eimern, und ein großer, schlaksiger Junge spähte überrascht durch die Fliegentür in die Küche. Er hatte ein hübsches, freundliches Gesicht und große, graue Augen, und unter seiner Mütze lugten weiche blonde Haarsträhnen hervor. Nils sprang auf und zog ihn in die Küche, umarmte ihn und klopfte ihm auf die Schultern. «Na, wenn das nicht mein kleiner Bruder ist! Sieh mal einer an, wie groß er geworden ist! Erkennst du mich denn nicht, Eric?»

Unter seiner gebräunten Haut und den Sommersprossen lief der Junge rot an und ließ den Kopf sinken. «Ich glaube, es ist Nils», sagte er schüchtern.

«Gut geraten», lachte Nils und schwenkte die Hand des Jungen hin und her. Bei sich dachte er: «Deshalb also hat mich die Kleine so freundlich angesehen. Er hat ihr beigebracht, mich gernzuhaben. Er war erst sechs, als ich fortgegangen bin, und hat mich doch zwölf Jahre lang nicht vergessen.»

Eric fingerte an seiner Mütze herum und lächelte. «Du siehst genauso aus, wie ich es mir immer vorgestellt habe», meinte er zögernd.

«Geh und wasch dir die Hände, Eric», rief Mrs. Ericson. «Es gibt Maiskolben zum Abendessen, Nils. Die hast du doch früher immer gern gemocht. So was hast du in der alten Heimat bestimmt nicht allzu oft bekommen. Da ist ja auch Hilda, sie bringt dich auf dein Zimmer. Du willst dir vor dem Essen sicher noch den ganzen Staub von der Reise abwaschen.»

Mrs. Ericson ging ins Esszimmer, um einen weiteren Teller aufzudecken, und das kleine Mädchen kam herbei und nickte Nils zu, als wollte es ihm mitteilen, dass sein Zimmer fertig sei. Er streckte die Hand aus, und es sah überrascht zu ihm hoch und ergriff sie. Eric warf sein Handtuch beiseite, schlang einen Arm um Nils und den anderen um Hilda, drückte die beiden unbeholfen an sich und stolperte dann wieder hinaus auf die Veranda.

Im Laufe des Abendessens erfuhr Nils bis ins Kleinste, wie viel Land jeder seiner acht erwachsenen Brüder bewirtschaftete, wie viel ihre Felder hervorbrachten und wie viel Vieh in ihren Ställen stand. Während sie sprach, musterte seine Mutter ihn eingehend. «Du siehst besser aus als früher, Nils», bemerkte sie plötzlich, woraufhin er lachte und die Kinder kicherten. Obwohl Eric achtzehn Jahre alt und ebenso groß war wie Nils, wurde er noch immer zu den Kindern gezählt, war er doch der Jüngste aus dieser großen Schar Söhne. Auch sein Gesicht sah noch kindlich aus, dachte Nils, und er besaß den freimütig umherschweifenden Blick eines kleinen Jungen. Die anderen waren in seinem Alter alle schon Männer gewesen.

Nach dem Abendessen ging Nils auf die vordere Veranda hinaus und setzte sich auf die Stufen, um eine Pfeife zu rauchen. Mrs. Ericson zog sich einen Schaukelstuhl heran und fing an, emsig zu stricken. Dies war einer der wenigen Bräuche aus der Alten Welt, die sie beibehalten hatte, denn sie konnte es nicht ertragen, die Hände müßig in den Schoß zu legen.

«Wo ist mein kleiner Bruder, Mutter?»

«Er hilft Hilda beim Abwasch. Das macht er aus freien Stücken; ich sehe es nicht gern, wenn ein Junge zu viel Arbeiten im Haushalt erledigt.»

«Er scheint ein netter Junge zu sein.»

«Er ist sehr folgsam.»

In der Dunkelheit huschte ein Lächeln über Nils' Gesicht. Sie konnten genauso gut auch über etwas anderes reden. «Was strickst du da, Mutter?»

«Babystrümpfe. Die Jungs halten mich auf Trab.» Mrs. Ericson lachte in sich hinein und ließ die Nadeln klappern.

«Wie viele Enkelkinder hast du jetzt?»

«Jetzt sind es nur noch einunddreißig. Die drei von Olaf sind gestorben. Sie waren kränklich, genau wie ihre Mutter.»

«Ich hätte ja gedacht, dass er mittlerweile einen zweiten Stall voll Kinder hat!»

«Seine zweite Frau hat noch keine Kinder. Dafür ist sie sich zu fein. Die ganze Zeit über reitet sie wie eine Wilde in der Gegend rum. Aber die Wirklichkeit wird sie schon noch einholen. Sie hält sich für was ganz Besonderes, auch wenn keiner weiß, wieso. Die Böhmen, von denen sie abstammt, sind schrecklich gewöhnliche Leute. Ich hab ja noch nie viel von den Böhmen gehalten; die trinken bloß immer die ganze Zeit.»

Nils paffte schweigend seine Pfeife, und Mrs. Ericson strickte weiter. Nach einem Weilchen fügte sie grimmig hinzu: «Sie war heute Abend hier, kurz bevor du gekommen bist. Sie würde gern Streit mit mir anfangen und sich zwischen Olaf und mich drängen, aber dazu biete ich ihr keine Gelegenheit. Ich nehme an, eines Tages wirst auch du eine Frau mit nach Hause bringen?»

«Ich weiß nicht. Darüber habe ich noch nie so recht nachgedacht.»

«Na ja, vielleicht ist es so ja auch das Beste», meinte Mrs. Ericson zuversichtlich. «Du würdest nie glücklich werden, wenn du ans Land gefesselt wärst. Der Familie deines Vaters lag das Vagabundieren im Blut, und bei dir kommt es nun wieder zum Vorschein. Wahrscheinlich passt die Art, wie du lebst, wirklich am besten zu dir.» Mrs. Ericsons Stimme hatte einen ausdruckslos freundlichen Ton angenommen, an den Nils sich gut erinnern konnte. Das schien ihn sehr zu belustigen, und hinter seiner Pfeife blitzten die weißen Zähne auf. Die Winkelzüge seiner Mutter hatten ihm schon immer Vergnügen bereitet, auch als er noch ein Junge war – sie waren so fadenscheinig und so leicht zu durchschauen, passten so schlecht zu ihrer Tatkraft und Entschlossenheit. «Sie haben abgewartet, um zu sehen, welchen Weg ich wohl einschlage», dachte er. Er spürte, dass Mrs. Ericson ernsthaft über ihn nachsann, während sie neben ihm saß und die Nadeln klappern ließ.

«Du hast dich vermutlich nie an regelmäßige Arbeit gewöhnt», fuhr sie plötzlich fort. «Männer, die zu lange in der Welt umherziehen, lernen das wohl auch nicht mehr. Leider bist du nicht in dem Jahr nach der Weltausstellung zurückgekommen. Damals, in den harten Zeiten, ist dein Vater günstig an ein schönes Stück Land gekommen, und ich denke, er hätte dir vielleicht eine Farm gegeben. Es ist wirklich jammerschade, dass du deine

Rückkehr so lange aufgeschoben hast, denn ich war mir immer sicher, dass er noch etwas mit dir vorhatte.»

Nils lachte und klopfte die Asche aus der Pfeife. «Wenn ich damals zurückgekommen wäre, hätte ich eine Menge verpasst. Aber es tut mir leid, dass ich Vater nicht mehr wiedergesehen habe.»

«Man kann im Leben nun mal nicht alles haben. Vielleicht bist du mit dem, was du jetzt machst, ja genauso zufrieden, wie du es mit einer Farm geworden wärst», sagte Mrs. Ericson aufmunternd.

«Ein Stück Land zu besitzen ist immer eine gute Sache», bemerkte Nils, während er ein neues Streichholz entzündete und mit der Hand abschirmte.

Seine Mutter musterte sein Gesicht mit einem durchdringenden Blick, bis das Streichholz abgebrannt war. «Nur, wenn man auch darauf bleibt», beeilte sie sich zu sagen.

In diesem Augenblick kam Eric auf dem Pfad ums Haus herbeigelaufen, und Nils gähnte und stand auf. «Wenn es dir recht ist, Mutter, machen Eric und ich noch einen kleinen Spaziergang vor dem Zubettgehen. Dann kann ich besser einschlafen.»

«Ist gut; aber bleibt nicht so lang. Ich werde auf euch warten. Ich möchte lieber selbst abschließen.»

Nils legte eine Hand auf Erics Schulter, und die beiden marschierten den Hügel hinab, überquerten das sandige Flussbett und traten auf die staubige Straße, die jenseits davon verlief. Keiner von beiden sagte ein Wort. Sie schlenderten geruhsam dahin, Nils paffte im Gehen seine Pfeife. Es schien kein Mond, und die weiße Straße und die weiten Felder waren im Sternenlicht nur undeutlich zu erkennen. Über allem lagen die Dunkelheit und eine undurchdringliche Stille, und der Geruch nach Staub und Sonnenblumen. Eine gute Meile weit folgten die Brüder der Straße, ohne einen Platz zu finden, an dem sie sich hätten hinsetzen können. Schließlich ließ Nils sich oben auf einem Holztreppchen nieder, das über den Drahtzaun führte, und Eric hockte sich auf die untere Stufe.

«Ich dachte schon fast, du würdest nie wieder zurückkommen, Nils», sagte der Junge leise.

«Habe ich es dir denn nicht versprochen?»

«Doch; aber die Menschen scheren sich nicht um Versprechen, die sie kleinen Kindern geben.

Hast du wirklich gewusst, dass du für immer fortgehen würdest, als du damals das Vieh nach Chicago gebracht hast?»

«Zumindest hielt ich es für sehr wahrscheinlich, wenn es mir gelingen sollte, etwas aus mir zu machen.»

«Ich weiß einfach nicht, wie du das geschafft hast, Nils. Das hätten nicht viele junge Burschen fertiggebracht.» Eric schmiegte seine Schulter an das Knie des Bruders.

«Am schwersten war es, von Zuhause wegzugehen – dich und Vater zu verlassen. Nachdem ich Chicago einmal hinter mir gelassen hatte, war es ganz einfach. Natürlich hatte ich schreckliches Heimweh; ich habe mich immer in den Schlaf geweint. Aber ich hatte alle Brücken hinter mir abgebrochen.»

«Du wolltest schon immer fortgehen, oder?»

«Schon immer. Schläfst du noch in unserem kleinen Zimmer? Steht die Pappel noch dort vorm Fenster?»

Eric nickte eifrig und lächelte durch die graue Dunkelheit zu seinem Bruder hoch.

«Weißt du noch, wie wir immer sagten, die Blätter würden miteinander flüstern, wenn sie nachts rauschten? Nun, mir haben sie immer Geschichten vom Meer zugeflüstert. Manchmal raunten sie auch Namen aus den Erdkundebüchern. Bei starkem Wind klangen sie ganz verzweifelt, wie jemand, der versucht, sich loszureißen.»

«Das ist ja lustig, Nils», sagte Eric verträumt und stützte das Kinn in die Hand. «Der Baum spricht noch immer genauso, und fast jedes Mal erzählt er mir etwas von dir.»

Sie blieben noch eine Weile sitzen und sahen zu den Sternen hoch. Schließlich flüsterte Eric besorgt: «Sollten wir jetzt nicht besser wieder zurückgehen? Mutter wird müde werden, wenn sie auf uns wartet.» Sie standen auf und nahmen eine Abkürzung nach Hause, über die Weide.

II

Am nächsten Morgen erwachte Nils beim ersten Licht, das mit der Dämmerung heranströmte. Die weiß getünchten Wände reflektierten die grellen Strahlen, die durch die dünnen Vorhänge in sein Zimmer schienen, und er konnte einfach nicht wieder einschlafen. Eilig zog er sich an und schlich durch den Flur und die rückwärtigen Stufen hinauf in das Zimmer auf halber Treppe, das er früher mit seinem kleinen Bruder geteilt hatte. Eric saß in einem viel zu kurzen Nachthemd auf der Bettkante und rieb sich die Augen, sein hellblondes Haar stand ihm in wirren Büscheln vom Kopf ab. Als er Nils sah, murmelte er etwas Unzusammenhängendes und schlüpfte schnell mit seinen langen Beinen in die Hose. «Ich hätte nicht gedacht, dass du so früh aufstehst, Nils», sagte er, als sein Kopf wieder aus dem blauen Hemd hervorkam.

«Du hast wohl gedacht, aus mir wäre ein feiner Pinkel geworden, was?» Nils versetzte ihm einen spielerischen Schlag, unter dem der schlaksige Junge zusammenklappte wie ein Taschenmesser. «Nanu, ich muss dir wohl beibringen, wie man boxt.» Nils schob die Hände in die Taschen und spazierte im Zimmer umher. «Du hast hier ja nicht viel verändert. Die meisten von meinen alten Sachen gehören jetzt dir, nicht wahr?»

Er nahm ein verdorrtes, krummes Aststück von der Wand, das über der Kommode gehangen hatte. «Wenn das nicht der Ast ist, mit dem Lou Sandberg sich umgebracht hat!»

Der Junge, der sich gerade die Schnürsenkel band, schaute hoch.

«Das ist er; du hast mich nie damit spielen lassen. Wie hat er das nur gemacht, Nils? Du warst doch dabei, als Vater Lou gefunden hat, oder?»

«Ja. Vater war losgefahren, um irgendwo eine Predigt zu halten, und als wir bei Lous Farm vorbeikamen, sah es dort irgendwie so trostlos aus, und da dachten wir uns, wir sollten vielleicht anhalten und ihn etwas aufheitern. Als wir ihn fanden, sagte Vater, er sei schon ein paar Tage tot. Er hat sich einen Strick um den Hals gebunden, an jedes Ende eine Schlinge gemacht, die Schlingen an die Enden eines Asts geknotet, den er zusammengebogen hatte, und dann hat er den Ast wieder aufschnellen lassen und sich so selbst erdrosselt.»

«Warum hat er sich nur auf eine so dumme Art umgebracht?»

Die Frage des Jungen war so unbedarft, dass Nils lachen musste. Er klopfte seinem kleinen Bruder auf die Schulter. «Warum war er so dumm, sich überhaupt umzubringen, würde ich eher fragen!»

«Ja, schon. Aber seine Schweine hatten doch

die Cholera und sind ihm alle weggestorben, oder nicht?»

«Klar sind sie gestorben; aber er selbst hatte keine Cholera; und es gibt ja noch jede Menge Schweine auf der Welt, oder?»

«Schon, aber wenn es nicht seine Schweine sind, wie können sie ihm denn dann was nützen?», fragte Eric verwundert.

«Ach komm, hör auf! Es hätte ihm bestimmt genauso viel Spaß gemacht, die Schweine anderer Leute zu hüten. Lou Sandberg hatte einfach nur Stroh im Kopf. Sich wegen eines Schweins umzubringen – das muss man sich mal vorstellen!» Nils lachte den ganzen Weg hinunter in die Küche, was seinen kleinen Bruder, der begonnen hatte, sich Gesicht und Hände über der zinnernen Waschschüssel abzuschrubben, ziemlich in Verlegenheit brachte. Als der Junge sich gerade vor dem Küchenspiegel das nasse Haar scheitelte, ertönten schwere Tritte auf der Treppe. Er ließ den Kamm sinken. «Du liebe Güte, da kommt Mutter. Da haben wir uns ja ganz schön verquatscht.» Eilig lief er hinaus zum Schuppen, zog sich seine Arbeitshose an und verschwand mit den Milcheimern.

Mrs. Ericson trat in die Küche, sie trug eine frische, weiße Schürze, und ihr schwarzes Haar glänzte von der feuchten Bürste, mit der sie es frisiert hatte.

«Guten Morgen, Mutter. Lass mich doch das Feuer für dich anzünden!»

«Nein danke, Nils. Es macht keine große Mühe, ein Feuer aus entkörnten Maiskolben zum Brennen zu bringen, und ich kümmere mich gern selbst um den Küchenofen.» Eine Schaufel voll Asche in der Hand, hielt Mrs. Ericson inne. «Du möchtest wahrscheinlich so bald wie möglich deine Brüder besuchen. Heute Vormittag fahre ich dich raus zur Farm von Anders. Er ist gerade beim Dreschen, und die meisten von unseren Jungs sind dort.»

«Wird Olaf auch da sein?»

Mrs. Ericson fuhr fort, die Asche aus dem Ofen zu kehren, und sprach zwischen den einzelnen Schaufeln. «Nein; Olafs Weizen ist schon eingebracht, in seine neue Scheune. Er hat dieses Jahr sechstausend Scheffel geerntet. Heute fährt er in die Stadt, er braucht noch Männer, um die Scheune fertig zu überdachen.»

«Olaf baut sich also eine neue Scheune?», fragte Nils zerstreut.

«Die größte im ganzen Bezirk, und sie ist schon fast fertig. Du bist zum Scheunenfest bestimmt noch hier. Er will ein Abendessen mit Tanz veranstalten, sobald alle mit dem Dreschen fertig sind. Er meint, das hält die Wähler bei Laune. Ich sag ihm, dass das alles Unfug ist; aber Olaf hat ein Gespür für die Politik.»

«Bewirtschaftet Olaf das ganze Land von Vetter Henrik?»

Mrs. Ericson runzelte die Stirn, als sie in den dünnen Rauch blies, der sich um die trockenen Kolben kräuselte. «Ja; er verwaltet das Land treuhänderisch für die Kinder, Hilda und ihre Brüder. Er führt genau Buch über alles, was er dort anbaut, und die Einnahmen legt er zinsbringend für sie an.»

Nils lächelte, während er zusah, wie die kleinen Flammen emporzüngelten. Die Tür zur rückwärtigen Treppe ging auf, und Hilda kam herein; als sie eintrat, hielt sie die Hände hinter dem Rücken, denn sie knöpfte sich gerade ihre lange Baumwollschürze zu. Er blickte sie an und nickte freundlich, und sie blinzelte ihm zu, aus kleinen, blauen Augen, die weit auseinander über breiten Wangenknochen lagen.

«Hier, Hilda, du musst den Kaffee mahlen – und nimm eine Handvoll Bohnen extra; dein Vetter Nils mag seinen Kaffee bestimmt stark», sagte Mrs. Ericson und ging zum Schuppen hinaus.

Nils drehte sich um und sah der Kleinen zu, die sich die Kaffeemühle zwischen die Knie geklemmt hatte und so angestrengt mahlte, dass ihre beiden Zöpfe hin- und herwippten und das dicht mit Sommersprossen übersäte Gesicht dunkelrot wurde. An ihrem Mittelfinger fiel ihm etwas auf, das am Vorabend noch nicht da gewesen war und das sie ganz offensichtlich für den Gast angesteckt hatte: ein schmaler, goldener Ring mit einem grob gefassten Granatstein. Während ihre Hand sich im Kreis drehte, tippte er mit der Fingerspitze auf den Ring und lächelte.

Hilda warf einen Blick hinüber zur Tür des Schuppens, hinter der Mrs. Ericson verschwunden war. «Den hat mir meine Cousine Clara geschenkt», flüsterte sie schüchtern. «Sie ist die Frau von Vetter Olaf.»

III

Mrs. Olaf Ericson – Clara Vavrika, wie sie von vielen noch genannt wurde – ging an jenem Morgen rastlos durch ihr großes, kahles Haus. Ihr Mann war in die Bezirksstadt aufgebrochen, als seine Frau noch im Bett lag – ihr spätes Aufstehen gehörte zu den zahllosen Dingen, die die Familie Ericson gegen sie einzuwenden hatte. Clara kam selten vor acht Uhr morgens nach unten, und an diesem Morgen erschien sie sogar noch später, denn sie hatte sich mit ungewöhnlicher Sorgfalt angezogen, auch wenn sie nur ein eng anliegendes schwarzes Kleid trug, das die Leute in jener Gegend für sehr schlicht hielten. Sie war eine große, dunkelhaarige Frau von dreißig Jahren mit einem recht matten Teint; nur auf den Wangen, wo das Blut unter ihrer gebräunten Haut zu glühen schien, lag ein schwacher Hauch von Lachsrot. Das über der niedrigen Stirn in der Mitte gescheitelte Haar war so schwarz, dass man blaue Lichter darin aufschimmern sah. Ihre schwarzen Augenbrauen formten feine Halbmonde, und die Wimpern waren lang und dicht. Die Augen waren ein klein wenig schräg gestellt, als flösse ein Tropfen Tataren- oder Zigeunerblut in ihren Adern, und ihr Blick war manchmal voll feuriger Entschlossenheit und manchmal trüb und düster. Ihre Miene war nie vorbehaltlos liebenswürdig; oft war sie sogar ausgesprochen finster oder besaß, wenn Clara dazu aufgelegt war, einen spöttischen Zug. Im Profil sah Clara am schönsten aus, denn dann kamen ihr kleiner, wohlgeformter Kopf und die hübschen Ohren vorteilhaft zur Geltung, und man spürte sogleich, dass man eine sehr offene, wenn nicht gar eine überaus einnehmende Persönlichkeit vor sich hatte.

Die Führung des Haushalts von Mrs. Olaf Ericson oblag ganz und gar ihrer Tante Johanna Vavrika, einer abergläubischen Frau von fünfzig Jahren, die ihrer Nichte völlig ergeben war. Claras Mutter war gestorben, als Clara noch ein kleines Mädchen war, und Johanna hatte ihr Leben dem aufopfernden Dienst an ihrer Nichte gewidmet. Wie so viele eigensinnige und unzufriedene Geschöpfe neigte auch Clara, ohne es zu wissen, in Wirklichkeit dazu, das zu tun, was andere ihr sagten, und ihr Schicksal von Menschen bestimmen zu lassen, die ihr an Geist und Klugheit weit unterlegen waren. Ihre Tante Johanna hatte sie in ihrer Kindheit verhätschelt und verzogen, sie hatte sie nach Chicago geschickt, um das Klavierspiel zu lernen, und sie hatte sie schließlich dazu überredet, Olaf Ericson zu heiraten, den Johanna für die beste Partie hielt, die Clara in jenem Teil des Landes wohl je würde machen können. In ihrer alten Heimat war Johanna Vavrika schwer von Pockennarben gezeichnet worden. Sie war klein und dick, hässlich, fröhlich und sentimental. Sie war so beleibt und machte beim Gehen so winzige Schritte, dass ihr Bruder Joe Vavrika sie immer seine Ente nannte. Es waren Claras Begabung, ihr gutes Aussehen und bestimmtes Auftreten, doch vor allem anderen war es ihr selbstsüchtiges Wesen, was Johanna an ihrer Nichte so sehr bewunderte.

Claras Vermählung mit Olaf Ericson war Johannas ganz besonderer Triumph. Sie platzte schier vor Stolz auf Olafs gesellschaftliche Stellung und ging voll und ganz darin auf, Claras Haushalt so zu führen, dass er über jeglichen Tadel der Ericsons erhaben war; Olaf so zu verwöhnen, dass er gar nicht erst auf die Idee kam, etwas an seiner Frau auszusetzen; und Claras häusliche Unzulänglichkeiten vor aller Augen zu verbergen. Während Clara den Morgen verschlief, eilte Johanna Vavrika geschäftig hin und her und sorgte dafür, dass Olaf und die Männer ihr Frühstück bekamen und dass die beiden Küchenmädchen sich ans Saubermachen, ans Buttern oder an die Wäsche machten. Etwa gegen acht Uhr brachte sie ihrer Nichte dann stets den Kaffee nach oben, und während Clara trank, schwatzte sie mit ihr und erzählte, was im Haus gerade vor sich ging. Die alte Mrs. Ericson behauptete oft, ihre Schwiegertochter wüsste nicht einmal den Wochentag, wenn Johanna ihn ihr nicht jeden Morgen sagen würde. Mrs. Ericson verachtete und bedauerte Johanna, doch es war nicht so, dass sie sie überhaupt nicht hätte leiden können. Was sie aber an ihrer Schwiegertochter am allermeisten verabscheute, war die Art, mit der es Clara gelang, die Leute hinters Licht zu führen. Es brachte sie auf, dass die Dinge in dem großen, scheunenartigen Haus ihres Sohnes so reibungslos liefen, und sie hatte immer das Gefühl, dass man in dieser Welt einfach zu lange warten musste, um zu erleben, dass die Schuldigen bestraft wurden. «Stell dir vor, Johanna Vavrika stirbt oder wird mal krank», lag die alte Dame Olaf in den Ohren.

«Deine Frau wüsste ja nicht einmal, wo sie nach ihrem eigenen Geschirrtuch suchen sollte.» Doch Olaf zuckte nur die Schultern. Tatsache war, dass Johanna nicht starb, und obwohl Mrs. Ericson ihr oft sagte, dass sie elend aussehe, wurde sie auch nie krank. Sie ging nur selten aus dem Haus und schlief in einer kleinen Kammer neben der Küche. Bei Tag oder bei Nacht, kein Ericson konnte je vorbeikommen und herumschnüffeln, um etwas zum Mäkeln zu finden, ohne dass Johanna es wusste. Sie war unverbesserlich geschwätzig; das war ihre einzige Schwäche, und hin und wieder richtete sie damit Ärger an, ohne es zu wollen.

An jenem Morgen legte sich Clara gerade ein weinrotes Band um den Hals, als Johanna mit dem Kaffee erschien. Die Tante stellte das Tablett auf ein Nähtischchen und machte dann Claras Bett, wobei sie die ganze Zeit auf Böhmisch plapperte.

«Also, Olaf ist schon früh losgefahren, und die Mädchen sind beim Backen. Ich geh auch gleich wieder runter, um für Olaf Brot mit Mohnsamen zu backen. Er wollte eingelegte Pflaumen zum Frühstück, und ich hab ihm gesagt, dass ich keine mehr habe und dass er mir doch Pflaumen und

Honig und Gewürznelken aus der Stadt mitbringen soll.»

Clara schenkte sich Kaffee ein. «Puh! Ich verstehe einfach nicht, wie ein Mann so viel süßes Zeug essen kann. Und dann auch noch zum Frühstück!»

Ihre Tante kicherte verschwörerisch. «Einen Bären fängt man mit Honig, wie wir in der alten Heimat sagen.»

«War er denn ärgerlich?», fragte ihre Nichte gleichgültig.

«Olaf? Aber nein! Er war bestens gelaunt. Wenn man weiß, wie man mit ihm umgehen muss, ist er eigentlich nie ärgerlich. Ich hab noch nie einen Mann gesehen, der so wenig Aufhebens um Rechnungen macht. Ich hab ihm eine ellenlange Einkaufsliste gegeben, und er hat nicht einen Ton gesagt; er hat sie einfach zusammengefaltet und in die Tasche gesteckt.»

«Dass er keinen Ton gesagt hat, glaube ich dir gern», sagte Clara achselzuckend. «Eines Tages wird er noch völlig vergessen haben, wie man spricht.»

«Oh, aber im Stadtrat soll er ganz ausgezeichnete Reden halten. Er weiß eben, wann man schweigen muss. Deshalb hat er auch so großen politischen Einfluss. Die Menschen vertrauen ihm.» Johanna schüttelte ein Kissen auf und klemmte es sich unter ihr fettes Kinn, während sie den Bezug überstreifte. Ihre Nichte lachte.

«Nun, Tantchen, vielleicht könnten wir den Leuten ja weismachen, wir wären klug, wenn wir nur den Mund hielten. Warum hast du Mrs. Ericson erzählt, dass Norman mich letzten Samstag wieder abgeworfen hat und ich mir den Fuß verrenkt habe? Sie hat es Olaf gesagt.»

Johanna geriet ganz durcheinander. «Aber, ach, mein Liebling, die alte Dame hat nach dir gefragt, und sie ist doch immer so aufgebracht, wenn ich keine Entschuldigung für dich habe. Und überhaupt sollte sie besser ganz still sein; wo sie mit ihrem komischen Auto doch ständig irgendwas kaputt macht.»

Nachdem ihre Tante wieder in die Küche hinuntergepoltert war, ging Clara in den Salon, um Staub zu wischen. Da es dort nicht viel zum Abstauben gab, brauchte sie nicht allzu lang. Olaf hatte das Haus vor der Hochzeit für sie gebaut, doch ihr Interesse daran, es einzurichten, war nur von kurzer Dauer gewesen. Genau genommen war es kaum über eine Badewanne und ihren Flügel hinausgegangen. Über fast jedes andere Möbelstück waren sie uneins gewesen, und Clara hatte gesagt, lieber wolle sie ein leeres Haus als eines voller Dinge, die ihr nicht gefielen. Das Haus selbst stand an einem Hang, und von den nach Westen gehenden Fenstern des Salons aus konnte man über den Küchengarten sehen, der dreißig Fuß tiefer lag. Die nach Osten weisenden Fenster gingen direkt auf den vorderen Hof hinaus. Durch eines dieser Fenster hörte Clara, die noch beim Abstauben war, jemanden leise pfeifen. Sie drehte sich nicht gleich um, doch sie lauschte aufmerksam, während sie mit ihrem Lappen langsam über eine gedrechselte Stuhllehne strich. Ja, da war es:

I dreamt that I dwelt in ma-a-arble halls.

Sie drehte sich um und sah Nils Ericson im Sonnenschein draußen vor dem Fenster stehen, er lachte und hielt seinen Hut in der Hand. Als sie durchs Zimmer ging, lehnte er sich gegen das Fliegengitter. «Bist du denn gar nicht überrascht, mich zu sehen, Clara Vavrika?»

«Nein; ich hatte damit gerechnet, dich zu sehen. Mutter Ericson hat Olaf gestern Abend angerufen und ihm gesagt, dass du hier bist.»

Nils blinzelte und stieß einen langen Pfiff aus. «Angerufen? Das muss sie getan haben, während Eric und ich spazieren waren. Sie ist ganz schön rührig, nicht wahr? Schieb doch bitte das Fliegengitter hier hoch!»

Clara schob das Gitter hoch, und Nils schwang ein Bein über das Fenstersims. Als er ins Zimmer sprang, sagte sie: «Du hast doch nicht etwa gedacht, du könntest deiner Mutter zuvorkommen, oder?»

Er warf seinen Hut auf den Flügel. «Ach, manchmal denke ich, ich könnte es. Wie du siehst, bin ich ihr jetzt zuvorgekommen. Ich sollte eigentlich bei Anders auf dem Weizenfeld sein. Aber als wir losgefahren sind, hat Mutter den Wagen in die weiche Erde neben der Straße gelenkt und ist bis zu den Radnaben eingesunken. Während sie die Pferde geholt haben, um Mutter wieder rauszuziehen, bin ich hinter die Schober gelaufen und abgehauen.» Nils lachte in sich hinein. Clara sah ihn voller Bewunderung an; ihre trüben Augen leuchteten auf.

«Du hast ihnen sowieso schon ein paar Rätsel aufgegeben. Ich weiß ja nicht, was deine Mutter Olaf am Telefon gesagt hat, aber als er zurückkam, sah er aus, als wäre ihm ein Gespenst begegnet, und er ist erst zu einer fürchterlich späten Stunde schlafen gegangen – ich glaube, es war zehn Uhr. Er hat draußen im Dunkeln auf der Veranda gesessen wie ein Götzenbild. Und das war noch einer seiner redseligen Tage.» Sie lachten beide, leichthin und unbefangen, wie zwei Menschen, die schon viel miteinander gelacht hatten; aber sie blieben stehen.

«Anders und Otto und Peter drüben beim Dreschen auf dem Feld haben auch ausgesehen, als wäre ihnen ein Gespenst begegnet. Was ist denn bloß los mit denen allen?»

Clara warf ihm einen raschen, forschenden Blick zu. «Nun, zunächst einmal haben sie schon immer befürchtet, du könntest das andere Testament haben.»

Nils schaute interessiert drein. «Das andere Testament?»

«Ja. Ein späteres. Sie wussten, dass dein Vater noch ein Testament gemacht hat, aber sie wussten nie, was damit geschehen ist. Auf der Suche danach haben sie das alte Haus fast in Trümmer gelegt. Sie hegten schon immer den Verdacht, dass er sich heimlich Briefe mit dir schrieb, denn er hat stets darauf bestanden, seine Post selbst von der Station zu holen. Deshalb dachten sie auch, dass er dir das neue Testament geschickt hat, damit du es sicher aufbewahrst. Das alte, in dem er alles deiner Mutter hinterlässt, hat er gemacht, lange bevor du weggegangen bist, und für sie ist klar, dass du davon ausgeschlossen wirst – dass deine Mutter das ganze Land den anderen vererbt. Dein Vater hat das andere Testament gemacht, um genau das zu verhindern. Ich habe immer gehofft, dass du es hast. Es wäre ein solcher Spaß, es ihnen ganz plötzlich unter die Nase zu halten.» Clara lachte fröhlich, was sie sonst nicht mehr häufig tat.

Nils schüttelte missbilligend den Kopf. «Jetzt komm, das ist boshaft von dir.»

«Nein, ist es nicht. Ich möchte nur so gern, dass einmal etwas geschieht, was sie alle vollkommen aus dem Häuschen bringt, nur ein einziges Mal. Auf der ganzen Welt gibt es keine zweite Familie wie diese, bei der sich nichts Aufregenderes ereignet als Abendessen und Dreschen. Ich bin ja beinahe schon bereit zu sterben, nur damit es mal eine Beerdigung gibt. *Du* würdest das keine drei Wochen lang aushalten.»

Nils beugte sich über den Flügel und klimperte mit dem Finger einer Hand auf den Tasten herum. «Würde ich nicht? Meine reizende junge Dame, woher wollen Sie wissen, was ich aushalte? *Sie* würden nicht warten, um es herauszufinden.»

Clara schoss das Blut ins Gesicht, und sie runzelte die Stirn. «Ich habe nicht mehr geglaubt, dass du noch einmal zurückkommst – », sagte sie kratzbürstig.

«Eric hat dran geglaubt, und er war noch ein kleines Kind, als ich wegging. Aber wie dem auch sei, Ende gut, alles gut, und ich bin nicht zurückgekommen, um irgendjemandem den Spaß zu verderben. Lass uns nicht streiten. Mutter wird sicher bald mit einem Durchsuchungsbefehl hier sein.» Er wirbelte herum und sah ihr ins Gesicht, die Hände in die Taschen seiner Jacke geschoben. «Komm schon, wenn du willst, dass hier mal etwas passiert, dann solltest du dich freuen, mich zu sehen. Ich bin schließlich etwas, auch ohne ein Testament. Wir können doch ein bisschen Spaß zusammen haben, was meinst du? Ich denke, das können wir!»

Sie sprach ihm nach: «Ich denke, das können wir!» Sie lachten, und beider Augen funkelten. Clara Vavrika sah zehn Jahre jünger aus als noch am Morgen, als sie sich das Samtband um den Hals gelegt hatte.

«Weißt du, es ist so ein komisches Gefühl, Mutter wiederzusehen», fuhr Nils fort. «Ich wusste gar nicht, dass ich so stolz auf sie bin. Das hat mich echt umgehauen. Was hat es eigentlich mit der kleinen Zopfliesl da unten im Haus auf sich? Ist das alles rechtens, was Olaf mit dem Erbe dieser Kinder so macht?»

Clara runzelte die Stirn. «Olaf muss es zumindest so aussehen lassen, als wäre es rechtens, jetzt, wo er im Licht der Öffentlichkeit steht.» Sie warf Nils einen verschmitzten Blick zu. «Aber er zieht keine schlechte Provision aus dem Ganzen. An den Sonntagen setzen sie sich alle hier zusammen und rechnen ab. Er lässt Peter und Anders saftige Rechnungen für den Unterhalt der beiden Jungen einreichen und zahlt ihnen das Geld dann aus dem Erbe. Die ganze Zeit sind sie mit der Buchführung, wie sie es nennen, beschäftigt. Für Olaf springt natürlich auch was dabei raus. Ich weiß nicht genau, wie sie es machen, aber es ist eine reine Familienangelegenheit, sagen sie. Und wenn die Ericsons so was sagen –» Clara zog die Augenbrauen in die Höhe.

Im selben Moment erklang unten von der Straße her das zornige Hupen eines heranfahrenden Automobils. Ihre Blicke trafen sich, und sie lachten los. Sie lachten wie kleine Kinder, die sich nicht mehr beherrschen können, die den Grund ihrer Ausgelassenheit den Erwachsenen zwar nicht begreiflich machen können, sich untereinander jedoch vollkommen im Klaren darüber sind. Als Nils gegangen war und Clara Vavrika sich an den Flügel setzte, spürte sie, dass sie ein Dutzend Jahre weggelacht hatte. Sie übte, als würde das Haus über ihrem Kopf abbrennen.

Während Nils seine Mutter begrüßte und neben sie auf den Vordersitz des Wagens kletterte, schaute Mrs. Ericson zwar finster drein, doch sie verlor kein Wort darüber, dass er sich aus dem Staub gemacht hatte, bis sie das Auto gewendet hatte und in ihrer eigenen Spur die Straße, die an Olafs großer Weide vorbeiführte, wieder zurückfuhr. Dann bemerkte sie trocken: «An deiner Stelle würde ich Olafs Frau nicht so oft besuchen, solange du hier bist. Sie gehört zu den Frauen, die sich kaum mit einem Mann blicken lassen können, ohne dass sofort über sie geklatscht wird. Man hat ziemlich viel über sie geklatscht, ehe er sie heiratete.»

«Hat Olaf sie denn nicht gezähmt?», fragte Nils gleichmütig.

Mrs. Ericson zuckte die kräftigen Schultern. «Was Frauen angeht, hat Olaf wohl nicht allzu viel Glück. Die erste war ja wirklich fügsam, aber sie war ständig krank. Und die jetzt, die setzt einfach immer ihren Willen durch. Er sagt, wenn er mit ihr zanken würde, dann würde sie zu ihrem Vater zurückgehen, und er würde die Stimmen der Böhmen verlieren. In diesem Bezirk hier gibt es eine Menge Böhmen. Aber wenn du einen Mann hast, der unter der Fuchtel seiner Frau steht, dann kannst du dir sicher sein, dass er irgendwo einen weichen Kern hat.»

Nils dachte an seinen Vater und lächelte. «Sie hat ihm doch auch einen schönen Batzen Geld eingebracht, oder, mal ganz abgesehen von den Stimmen der Böhmen?»

Mrs. Ericson rümpfte die Nase. «Na ja, sie besitzt ein recht ansehnliches Stück Land, das allein ihr gehört, aber ich kann nicht erkennen, dass

Olaf das viel nützen würde. Eines Tages wird sie ein kleines Vermögen haben, sofern der alte Vavrika nicht wieder heiratet. Aber ich denke nicht, dass das Geld eines Barbesitzers ebenso viel wert ist wie das Geld anderer Leute.»

Nils lachte lauthals los. «Komm schon, Mutter, lass dich von deinen Vorurteilen nicht so weit hinreißen. Geld ist Geld. Der alte Vavrika ist wirklich ein anständiger Kerl. Der hat nichts Rüpelhaftes an sich.»

Mrs. Ericson brauste auf. «Ach, ich weiß schon, du hast die ja immer verteidigt! Aber dass du dich als junger Bursche da rumgetrieben hast, Nils, das hat dir nicht gutgetan, weder dir noch den anderen Kerlen, die dorthin gegangen sind. Als sie Olaf geheiratet hat, waren nicht mehr viele junge Männer hinter ihr her, das kann ich dir sagen. Sie war klug genug, ihre Gelegenheit beim Schopf zu packen.»

Nils lehnte sich bequem im Sitz zurück. «Natürlich bin ich gern dorthin gegangen, Mutter, und du hast dich immer darüber geärgert. Du hast dir nie die Mühe gemacht, einmal selbst zu sehen, dass es das einzige fröhliche Haus weit und breit war, wo ein junger Bursche hingehen konnte. Ihr anderen alle habt euch immer nur zu Tode gearbeitet, und im Haus herrschte meistens ein riesiges Durcheinander, alles war voller Babys und schmutziger Wäsche und Fliegen. Oh, das war schon in Ordnung – ich verstehe das; aber man ist nur einmal jung, und ich war's eben zufälligerweise damals. Und bei den Vavrikas ging es immer lustig zu. Er hat Geige gespielt, und ich habe meine Flöte mitgebracht, Clara spielte Klavier, und Johanna hat böhmische Lieder gesungen. Und abends hat sie für uns immer groß aufgetischt – mit Heringen und sauren Gurken und Mohnbrot und mit jeder Menge Kuchen und eingemachten Früchten. Der alte Joe war in seiner Heimat beim Militär gewesen und konnte viele tolle Geschichten erzählen. Ich sehe ihn jetzt noch vor mir, wie er am Kopfende des Tisches das Brot aufschneidet. Ich habe keine Ahnung, was ich als Junge wohl gemacht hätte, wenn es die Vavrikas nicht gegeben hätte, ganz ehrlich.»

«Und die ganze Zeit hat er das Geld von solchen Leuten genommen, die dafür hart auf den Feldern gearbeitet haben», warf Mrs. Ericson ein.

«Das tun die Leute vom Zirkus auch, Mutter, und der Zirkus ist eine gute Sache. Die Menschen sollten sich mit ihrem Geld auch ein bisschen Spaß kaufen können. Selbst Vater hatte den alten Joe gern.»

«Dein Vater», sagte Mrs. Ericson grimmig, «hatte jedermann gern.»

Als sie über das sandige Flussbett und zu ihrer Farm hinauffuhren, bemerkte Mrs. Ericson: «Da steht Olafs Buggy. Er ist auf seinem Heimweg von der Stadt hier vorbeigekommen.» Nils rappelte sich hoch und bereitete sich darauf vor, seinen Bruder zu begrüßen, der auf der Veranda auf sie wartete.

Olaf war ein riesiger, schwerer Norweger, der langsam sprach und sich langsam bewegte. Er hatte einen großen, kantigen Kopf, der einem Holzklotz glich. Als Nils aus der Ferne versucht hatte, sich an das Aussehen seines Bruders zu erinnern, war ihm immer nur dieser klobige Kopf eingefallen, die hohe Stirn, die riesigen Nüstern und die weit auseinanderstehenden hellblauen Augen. Olafs Züge waren grob geschnitten: Was einem auffiel, war vor allem das Gesicht selbst, breit, flach und fahl; ohne die kleinste Regung verriet es Olafs fünfzig Jahre ebenso wenig, wie es irgendetwas anderes erkennen ließ; und gerade dieser stoische

Ausdruck verlieh ihm seine ganze Macht. Als Olaf Nils die Hand schüttelte, sah er ihm unter den hellen Augenbrauen hervor ins Gesicht, doch Nils fühlte, dass man sich nie sicher sein konnte, was dieser ausdruckslose Blick bedeuten mochte. Das Einzige, was er an Olaf seit jeher deutlich verspürt hatte, war eine verbissene Sturheit, so hartnäckig wie feuchter Lehmboden, der am Pflug kleben bleibt. Für ihn war Olaf schon immer der schwierigste von all seinen Brüdern gewesen.

«Wie geht's dir, Nils? Wirst du lange hierbleiben?»

«Oh, vielleicht bleibe ich ja für immer», erwiderte Nils vergnügt. «Das Land hier gefällt mir jetzt viel besser als früher.»

«Seit du weggegangen bist, ist auch eine Menge Arbeit hineingesteckt worden», meinte Olaf.

«Ganz genau. Ich finde, jetzt ist es so weit, dass man hier leben kann – und ich bin so weit, mich häuslich niederzulassen.» Nils beobachtete, wie sein Bruder den massigen Kopf senkte («Wie ein Bulle», dachte er). «Mutter hat mich überredet, endlich zur Ruhe zu kommen und jetzt auch mit der Landwirtschaft zu beginnen», fuhr er leichthin fort.

Aus Olafs Kehle drang ein tiefer Laut. «Die Landwirtschaft lernt man nicht an einem Tag», stieß er hervor, wobei er noch immer zu Boden blickte.

«Das weiß ich schon! Aber ich lerne schnell.» Nils hatte gar nicht vorgehabt, seinen Bruder so zu reizen, und er wusste nicht, wieso er es tat. «Natürlich», erklärte er, «werde ich wohl nicht so erfolgreich sein, wie ihr Burschen es wart. Aber nun ja, ich bin nicht so ehrgeizig. Ich bräuchte nicht viel. Ein bisschen Land und vielleicht ein paar Stück Vieh.»

Olaf starrte noch immer mit gesenktem Kopf zu Boden. Er wollte Nils fragen, was dieser in all den Jahren gemacht hatte, dass er nun nicht einmal irgendwo ein Geschäft besaß, das er nicht alleinlassen konnte; warum er so wenig Stolz im Leib hatte, dass es ihm nichts ausmachte, bei seiner Heimkehr bloß einen mickrigen Lederkoffer vorzeigen zu können und sich als einziger Versager in der Familie zu erweisen. Er stellte nicht eine von all diesen Fragen, aber er ließ sie sein Gegenüber klar und deutlich spüren.

«Hm!», dachte Nils. «Kein Wunder, dass der Kerl nie spricht, wenn er einem das, was er denkt, auch so aufzwingen kann, ohne ein einziges Wort zu sagen. Bei seiner Frau benutzt er dieses Pulver, das nicht raucht, wahrscheinlich die ganze Zeit über. Aber sie wird sich schon zu wehren wissen, nehme ich doch an.» Er lachte leise, und Olaf sah auf. «Kümmere dich nicht um mich, Olaf. Ich lache, ohne zu wissen, weshalb, genau wie Eric. Er ist auch so ein verrückter Hund wie ich.»

«Eric», sagte Olaf bedächtig, «ist ein verzogener kleiner Bengel. Gerade erst hat er die beste Milchkuh seiner Mutter trocken werden lassen, weil er sie nicht richtig gemolken hat. Ich hatte gehofft, du würdest ihn irgendwohin mitnehmen und in ein Geschäft einführen. Wenn er's unter Fremden zu nichts bringt, wird er nie etwas taugen.» Das war eine lange Rede für Olaf, und als er fertig war, kletterte er in seinen Buggy.

Nils zuckte die Schultern. «Immer die gleiche alte Masche», dachte er. «Versucht's immer wieder hintenrum. Was ist das doch für ein prachtvoller Kerl!» Er wandte sich ab und ging ums Haus zur Küche, wo seine Mutter gerade dabei war, seinen kleinen Bruder zu schelten, der das Benzin zur Neige hatte gehen lassen.

IV

Joe Vavrikas Bar lag nicht in der Bezirkshauptstadt, in der Olaf und Mrs. Ericson ihre Geschäfte abwickelten, sondern an einem fröhlicheren Ort, in einer kleinen böhmischen Siedlung am anderen Ende des Bezirks, von Olafs Farm aus zehn Meilen nördlich über die Ebene. Clara ritt beinahe täglich dort vorbei, um ihren Vater zu besuchen. Vavrikas Haus stand gewissermaßen im Hinterhof seiner Bar. Der Garten zwischen beiden Gebäuden war von einem hohen, dichten Bretterzaun wie von einer Trennwand umgeben, und im Sommer stellte Joe Biertische und Holzbänke unter seinem kleinen Kirschbaum auf. An jenem Spätnachmittag, drei Tage nach seiner Heimkehr, saß Nils Ericson an einem dieser Tische. Joe war in der Bar verschwunden, um einen Gast zu bedienen, und Nils stützte den Kopf faul auf die Ellbogen und blickte trübselig in seinen halb leeren Bierkrug, als er ein Lachen durch den kleinen Garten schallen hörte. An der Hintertür des Hauses, unter dem Spalier mit den Weinstöcken, die der alte Joe dort vor langer Zeit gepflanzt hatte, lehnte Clara in ihrem Reitkostüm. Nils stand auf.

«Komm rüber und leiste deinem Vater und mir Gesellschaft. Wir schwatzen schon den ganzen Nachmittag miteinander, und niemand stört uns, höchstens die Fliegen.»

Sie schüttelte den Kopf. «Nein, ich setze da keinen Fuß mehr rein. Olaf hat etwas dagegen. Ich muss mich meiner Stellung entsprechend benehmen, weißt du.»

«Willst du mir etwa weismachen, dass du nie mehr hier rüberkommst und mit den jungen Burschen plauderst, so wie früher? Er hat dich also doch gezähmt! Wer kümmert sich denn um die Blumenbeete hier?»

«Sonntags, wenn Vater allein ist, komme ich immer her und lese ihm aus den böhmischen Zeitungen vor. Aber wenn die Bar geöffnet hat, bin ich nie da. Was habt ihr zwei denn so gemacht?»

«Miteinander geschwatzt, wie ich dir schon sagte. Ich habe ihm von meinen Reisen erzählt. Zu Hause kann ich nicht viel darüber reden, habe ich herausgefunden, nicht einmal mit Eric.»

Clara reckte sich und schlug mit ihrer Reitgerte nach einem weißen Falter, der im Sonnenschein zwischen den Weinblättern umherflatterte. «Mir wirst du das alles wahrscheinlich nie erzählen.»

«Wo kann ich es dir denn erzählen? In Olafs Haus ja sicher nicht. Was ist schon dabei, wenn wir uns hier unterhalten?» Er wies mit seinem Hut einladend auf die Büsche und den grünen Tisch, wo die Fliegen träge über den leeren Biergläsern summten.

Clara schüttelte matt den Kopf. «Nein, es geht nun mal nicht. Und außerdem muss ich jetzt wieder los.»

«Ich bin auf Erics Stute hier. Wärst du mir böse, wenn ich dich einholen würde?»

Clara blickte zurück und lachte. «Du kannst es gern versuchen. Ich kann dich ja abhängen, wenn ich genug von dir habe. Erics Stute kann mit Norman nicht Schritt halten.»

Nils ging in die Bar und versuchte, seine Rechnung zu bezahlen. Joe, der 1,93 Meter groß war und lockiges blondes Haar und einen Schnurrbart hatte, klopfte ihm auf die Schulter. «Nich eine verdammte Münze von dir kommt mir in die Schublade, hörst du? Aber nächstes Mal du bringst deine Flöte mit, te-te-te-te-te-ti.» Joe bewegte die Finger wie ein Flötenspieler. «Meine Clara, sie kommt jeden Sonntag und spielt für mich. Bei den Ericsons, da spielt sie nich gern.»

Er schüttelte die blonden Locken und lachte. «Nich ein bisschen Spaß bei den Ericsons. Du kommst am Sonntag. Du hast gern Spaß. Und nich die Flöte vergessen.» Joe sprach sehr schnell und stolperte immer wieder über sein Englisch. Mit seinen Gästen sprach er nur selten Englisch, und besonders gut hatte er es nie gelernt.

Nils schwang sich in den Sattel und trabte durch den westlichen Teil der Siedlung, wo sich die Häuser und Gärten über die Prärie verstreuten und die Straße einen Knick nach Süden machte. Weit vor sich sah er Clara Vavrikas schlanke Gestalt gemächlich im schwächer werdenden Licht dahinreiten. Er tippte die Stute mit der Reitgerte an und jagte unter dem sich rot färbenden Himmel auf der weißen Straße über die Ebene. Als er Olafs Frau einholte, bemerkte er, dass sie geweint hatte. «Was ist los, Clara Vavrika?», fragte er warm.

«Ach, manchmal wird mir ganz schwer ums Herz. Es war immer so ein vergnügtes Leben hier mit Vater. Ich frage mich, warum ich überhaupt fortgegangen bin.»

Nils sprach mit leiser, liebenswürdiger Stimme, die er zuweilen Frauen gegenüber anschlug: «Das habe ich mich all die Jahre über gefragt. Du wärst das letzte Mädchen im ganzen Land gewesen, das ich für Olaf zur Frau gewählt hätte. Warum hast du das getan, Clara?»

«Ich glaube, im Grunde habe ich es den Nachbarn zuliebe getan» – Clara warf den Kopf in den Nacken. «Die Leute haben sich schon Gedanken gemacht.»

«Gedanken gemacht?»

«Ja – wieso ich nicht heirate. Ich glaube, ich wollte sie einfach nicht länger zappeln lassen. Ich habe herausgefunden, dass die meisten Mädchen aus Rücksicht auf ihre Nachbarn heiraten.»

Nils sah zu ihr hinüber, und seine weißen Zähne blitzten auf. «Ich wäre jede Wette eingegangen, dass ein ganz bestimmtes Mädchen, das ich zufällig kenne, gesagt hätte: ‹Soll doch der Teufel die Nachbarn holen!›»

Clara schüttelte traurig den Kopf. «Weißt du, sie sind dir einfach über, Nils; zumindest, wenn du eine Frau bist. Sie sagen zu dir, du wirst alt und sauertöpfisch. Deswegen heiraten wir schließlich: Wir können es nicht mehr ertragen, ausgelacht zu werden.»

Nils sah sie von der Seite an. Er hatte es noch

nie erlebt, dass sie den Kopf hängen ließ. Dass sie sich in ihr Schicksal fügte, war das Letzte, was er von ihr erwartet hätte. «Gab's da nicht noch einen anderen Grund in deinem Fall?»

«Einen anderen Grund?»

«Ich meine, du hast nicht etwa geheiratet, um jemanden zu ärgern? Jemanden, der nicht wiedergekommen ist?»

Clara richtete sich mit einem Ruck auf. «Oh, ich dachte nie, dass du wiederkommen würdest. Wenigstens nicht mehr, nachdem ich aufgehört hatte, dir zu schreiben. *Das* war alles vorbei, lange bevor ich Olafs Frau wurde.»

«Und dir ist damals nie in den Sinn gekommen, dass du mir nichts Schlimmeres antun konntest, als Olaf zu heiraten?»

Clara lachte. «Nein; ich wusste ja nicht, dass Olaf dir so sehr am Herzen liegt.»

Nils strich mit dem Handschuh über die Mähne seines Pferdes. «Du weißt doch, Clara Vavrika, dass du niemals bis zum Ende durchhalten wirst. Eines Tages wirst du auf und davon laufen, und ich hab mir gedacht, dann kannst du auch gleich mit mir auf und davon laufen.»

Clara reckte das Kinn in die Höhe. «Oh, du

kennst mich lange nicht so gut, wie du glaubst. Ich werde nicht auf und davonlaufen. Manchmal, wenn ich bei Vater bin, ist mir schon danach. Aber ich kann genauso lang durchhalten wie die Ericsons. Sie haben mich noch nicht kleingekriegt, und solange man nicht am Boden liegt, kann man weiterleben. Wenn ich zu Vater zurückgehe, bedeutet das für Olaf das Ende in der Politik. Das weiß er, deshalb sagt er nie was und schmollt nur. Ich bin genauso gewitzt wie die Ericsons. Ich werde nie von dort weggehen, bevor ich ihnen nicht das ein oder andere beweisen kann.»

«Du meinst, bevor du sie nicht mal so richtig an der Nase herumführen kannst?»

«Ja – bevor ich mich nicht mit einem Mann davonmachen kann, der gerissener ist als sie und mehr Geld hat.»

Nils stieß einen Pfiff aus. «Du liebe Zeit, du verlangst aber eine ganze Menge. Die komplette Sippe der Ericsons zu bezwingen, ist eine echte Lebensaufgabe. Ich könnte mir allerdings vorstellen, dass das Vergnügen, sie leiden zu sehen, bis dahin nachgelassen hat.»

«Das hat es jetzt schon, fürchte ich», gab Clara betrübt zu.

«Warum läufst du dann nicht auf und davon? Auf dieser Welt gibt es amüsantere Dinge, mit denen man sich die Zeit vertreiben kann. Als ich nach Hause gekommen bin, dachte ich, es würde mir Spaß machen, ein bisschen Land aus den Ericsons rauszuquetschen; aber ich bin eigentlich schon zu dem Schluss gekommen, dass ich anderswo mehr Vergnügen für mein Geld kriegen kann.»

Clara holte scharf Luft. «Aha, dann hast du das andere Testament also doch! Deshalb bist du nach Hause gekommen!»

«Nein, das war nicht der Grund. Ich bin nach Hause gekommen, um zu sehen, wie du dich mit Olaf verstehst.»

Clara versetzte ihrem Pferd einen Schlag mit der Reitgerte und war mit einem Satz weit vor Nils. Dieser ließ nur ein einziges Wort fallen: «Verdammt!», und gab seinem Pferd die Peitsche, um Clara einzuholen; sie aber beugte sich im Sattel vor und flog förmlich dahin wie der Wind. Der lange Rock ihres Reitkostüms flatterte durch die laue Luft. Hinter dem Stoppelfeld sank die Sonne vor einem endlosen, kristallklaren Himmel, und die Schatten zogen so schnell über die Felder, dass

Nils die dunkle Gestalt auf der Straße kaum im Blick behalten konnte. Als er sie einholte, packte er ihr Pferd am Zaumzeug. Norman bäumte sich auf, und Nils bekam Angst um Clara; doch sie blieb fest im Sattel.

«Lass mich in Ruhe, Nils Ericson!», schrie sie. «Dich hasse ich mehr als jeden anderen von euch. Ihr seid nur auf der Welt, um mich zu quälen, eure ganze Sippschaft – um mich auf jede nur erdenkliche Weise leiden zu lassen.»

Erneut versetzte sie ihrem Pferd einen Schlag und jagte im Galopp von ihm fort. Nils presste die Zähne aufeinander und schaute nachdenklich drein. Langsam ritt er auf der verlassenen Straße nach Hause und beobachtete, wie die Sterne am wolkenlosen, violetten Himmel aufleuchteten. Sie funkelten weich am klaren Firmament, wie Juwelen, die jemand in Quellwasser geworfen hatte. Sie waren ein Vorwurf, das spürte er, an eine verkommene Welt. Als er das sandige Flussbett überquerte, blickte er zum Polarstern empor und lächelte, als gäbe es eine Übereinkunft zwischen ihnen. Seine Mutter schalt ihn, weil er zu spät zum Abendessen kam.

V

Am Sonntagnachmittag saß Joe Vavrika hemdsärmelig und mit Hausschuhen an den Füßen in seinem Garten und rauchte eine langstielige, mit Quasten geschmückte Porzellanpfeife, auf deren Kopf eine Jagdszene abgebildet war. Clara saß unter dem Kirschbaum und las ihm aus den böhmischen Wochenzeitungen vor. Sie hatte ein weißes Musselinkleid unter ihr Reitkostüm gezogen, und die Blätter des Kirschbaums warfen ein Muster aus scharfen Schatten auf ihren Rock. Zu ihren Füßen döste die schwarze Katze in der Sonne, und inmitten der scharlachroten Pelargonien scharrte Joes Dackel ein Loch in die Erde und träumte von Dachsen. Joe stopfte sich gerade zum dritten Mal seit dem Mittagessen die Pfeife, als er ein Klopfen am Gartenzaun hörte. Er brach in schallendes Gelächter aus und klinkte die kleine Tür auf, die auf die Straße hinausführte. Er begrüßte Nils nicht mit Namen, sondern packte ihn bei der Hand und zog ihn zu sich herein. Clara erstarrte, und ihr gebräuntes Gesicht nahm einen dunkleren Farbton an. Auch Nils fühlte sich ein wenig unbehaglich. Seit dem Abend, da sie von ihm fortgeritten war und ihn auf der Straße über die Ebene allein zwischen den Feldern zurückgelassen hatte, hatte er sie nicht mehr gesehen. Joe zog ihn zu der Holzbank neben dem grünen Tisch.

«Du hast die Flöte dabei», rief er und tippte auf den ledernen Kasten, den Nils unterm Arm trug. «Ah, das gut! Jetzt wir haben bisschen Spaß wie in alten Zeiten. Hab ich was ganz Gutes für dich.» Joe wies mit dem Zeigefinger auf Nils und zwinkerte ihm mit seinen blauen Augen zu, helle, klare Augen voller Feuer, auch wenn die feinen Äderchen um den Augapfel stets etwas geweitet waren. «Hab ich was für dich aus» – er hielt inne und machte eine schwungvolle Handbewegung – «aus Ungarn. Du kennst doch Ungarn? Du wartest hier!» Er schubste Nils auf die Bank und ging durch die Hintertür in seine Bar.

Nils sah zu Clara hinüber, die mit frostiger Miene dasaß, die weißen Röcke eng um sich gezogen. «Er hat dir nichts davon gesagt, dass er mich eingeladen hat, oder? Er wollte ein bisschen feiern und hat eben seine Vorbereitungen getroffen. Ist er nicht drollig? Sei nicht böse; wir wollen ihm einen schönen Nachmittag bereiten.»

Clara lächelte und schüttelte ihre Röcke auf.

«Das sieht Vater wieder einmal ähnlich, nicht wahr? Und den ganzen Tag hat er hier gesessen, als könnte er kein Wässerchen trüben. Nein, ich schmolle nicht. Ich bin froh, dass du gekommen bist. Er hat jetzt nicht mehr viele vergnügliche Nachmittage. Es sind nur noch so wenige von seinesgleichen übrig. Die zweite Generation ist ein ziemlich fader Haufen.»

Joe kam zurück, in der einen Hand trug er eine bauchige Flasche und in der anderen drei Weingläser, deren Stiele er sich zwischen die Finger geklemmt hatte. Er setzte die Gläser mit feierlicher Miene auf dem Tisch ab, stellte sich hinter Nils und hielt die Flasche, die er bewundernd anblinzelte, zwischen den jungen Mann und die Sonne. «Du kennst das hier, Tokajer? Ein sehr guter Freund von mir, er bringt mir den mit, ein Geschenk aus Ungarn heraus. Weißt du, wie viel der kostet, dieser Wein? Grad so viel wie sein Gewicht in Gold. Niemand in Böhmen trinkt diesen Wein, nur die Edelleute. Viele, viele Jahre ich hebe ihn auf, diesen Tokajer.» Joe zückte seinen besten Korkenzieher und zog ganz vorsichtig den Korken aus der Flasche. «Der alte Mann, wo mir diesen Wein mitbringt, ist tot, und der Wein liegt in meinem Keller auf dem Bauch und schläft. Und jetzt», er goss den schweren, gelben Wein vorsichtig in die Gläser, «und jetzt er wacht auf; und vielleicht er weckt auch uns auf!» Er trug eins der Gläser zu seiner Tochter hinüber und überreichte es ihr mit einer galanten Geste.

Clara schüttelte den Kopf, doch als sie sah, wie enttäuscht ihr Vater war, gab sie nach. «Du probierst als Erster. Ich möchte nicht so viel.»

Joe kostete den Wein mit glückseligem Gesichtsausdruck und wandte sich dann an Nils. «Du musst ihn langsam trinken, diesen Wein. Er ganz weich, aber geht heiß runter. Du wirst sehen!»

Nach dem zweiten Glas verkündete Nils, dass er nichts mehr trinken könne ohne schläfrig zu werden. «Jetzt hol deine Geige raus, Vavrika», sagte er, während er seinen Flötenkasten aufklappte.

Aber Joe lehnte sich in seinem Holzschaukelstuhl zurück und wippte mit dem großen Hausschuh. «Nein-nein-nein-nein-nein-nein-nein! Kein Geigenspielen mehr: tut zu weh in den Fingern», er schüttelte sie, «Rheuma, die ganze Zeit. Du spielst Flöte, te-teti-te-teti-te. Lieder von Böhmen.»

«Ich habe all die böhmischen Lieder vergessen, die ich immer mit euch und Johanna gespielt habe. Aber hier ist ein Lied, da wird Clara schmollen. Wisst ihr noch, wie zornig ihre Augen immer funkelten, wenn wir sie das böhmische Mädchen nannten?» Nils hob die Flöte an die Lippen und begann *When Other Lips and Other Hearts* zu spielen, und Joe summte die Melodie in seinem heiseren Bariton mit und wippte dazu mit dem Hausschuh. «Oh-h-h, das ist feine Musik», rief er und klatschte in die Hände, als Nils fertig war. «Und jetzt *Marble Halls, Marble Halls!* Clara, du musst für ihn singen.»

Clara lächelte und lehnte sich in ihrem Stuhl zurück, begann leise zu singen:

I dreamt that I dwelt in ma-a-arble halls,
With vassals and serfs at my knee,

und Joe brummte dazu wie eine große Hummel.

«Es gibt noch eins, das ihr immer gespielt habt», sagte Clara ruhig, «an das kann ich mich am besten erinnern.» Sie verschränkte die Hände über dem Knie und begann *The Heart Bowed Down*, und sie sang das ganze Lied, ohne auch nur ein einziges Mal ins Stocken zu geraten. Als sie ans Ende des alten Liedes kam, legte sie viel Wärme in ihre Stimme:

For memory is the only friend
That grief can call its own.

Joe zog sein rotes Seidentaschentuch hervor und schnäuzte sich, wobei er unablässig den Kopf schüttelte. «Nein-nein-nein-nein-nein-nein-nein! Zu traurig, zu traurig! Das mag ich nich! Ihr müsst jetzt schnell was Fröhliches spielen.»

Nils hob die Flöte an die Lippen, und Joe lehnte sich in seinem Schaukelstuhl zurück, lachte und sang: *«Oh, Evelina, Sweet Evelina!»* Auch Clara lachte. Vor langer Zeit, als sie und Nils noch zur Highschool gingen, hatten sie eine Musterschülerin in der Klasse, ein sehr hässliches Mädchen mit dicken Brillengläsern. Sie hieß Evelina Oleson; sie hatte einen gemächlichen, schaukelnden Gang, der irgendwie an den Takt des Liedes erinnerte, und sie hatten es ihr immer gnadenlos hinterhergesungen.

«Dieses hässliche Oleson-Mädel, sie ist Lehrerin in der Schule», schnaufte Joe, «und sie geht noch immer so komisch, jup-a, jup-a, jup-a, grad wie ein Kamel geht sie! Komm, Nils, jetzt wir trinken noch 'nen kleinen Schluck. Oh, ja-ja-ja-ja-ja-*ja*! Diesmal du musst trinken, und Clara, sie muss auch, damit sie zeigt, dass sie nich eifersüchtig. So, wir trinken alle auf dein Mädchen. Du verrätst ihren Namen nich, was? Nein-nein-nein, ich bring dich nich dazu, ihn zu verraten. Sie's hübsch, was? Ist sie guter Schatz? Da ich wette drauf!» Joe zwinkerte ihm zu und hob sein Glas. «Wie bald wirst du heiraten?»

Nils verdrehte die Augen. «Das weiß ich nicht. Wenn sie es sagt.»

Joe warf sich in die Brust. «So reden kleine Jungs. Kein Reden für Männer. Männer sagen: ‹Du kommst zur Kirche, und schau zu, dass du dich beeilst.› So reden Männer.»

«Vielleicht besitzt Nils ja nicht genug, um für eine Frau zu sorgen», warf Clara spöttisch ein. «Wie sieht's damit aus, Nils?», fragte sie ihn geradeheraus, als wollte sie es tatsächlich wissen.

Nils sah sie gelassen an und hob eine Augenbraue. «Oh, ich kann schon für sie sorgen, keine Angst.»

«So, wie sie möchte, dass man für sie sorgt?»

«Das entscheide ich, wenn es um meine Frau geht», gab Nils seelenruhig zurück. «Ich werde ihr geben, was gut für sie ist.»

Clara verzog das Gesicht. «Du wirst ihr den Riemen geben, nehme ich an, genau wie der alte Peter Oleson es mit seiner Frau gemacht hat.»

«Wenn es nötig ist», sagte Nils träge, verschränkte die Hände hinter dem Kopf und blinzelte durch die Blätter des Kirschbaums. «Weißt du noch, wie ich einmal Kirschen über deinem sauberen Kleid zerquetscht habe und Tante Johanna mir eine Ohrfeige verpasst hat? Meine Güte, du warst vielleicht fuchsteufelswild! Du hast beide Hände voller Kirschen gehabt, und ich hab sie dir zusammengedrückt, und der ganze Saft lief an dir runter. Ich hab immer so viel Spaß mit dir gehabt; du bist immer so herrlich wütend geworden.»

«Wir hatten wirklich Spaß zusammen, oder? Keins der anderen Kinder hatte jemals so viel Spaß wie wir. Wir wussten, wie man spielen muss.»

Nils legte die Ellbogen auf den Tisch und sah unverwandt zu ihr hinüber. «Ich habe seither mit vielen Mädchen gespielt, aber ich habe nicht eins gefunden, mit dem es so viel Spaß gemacht hat.»

Clara lachte. Die Spätnachmittagssonne schien ihr direkt ins Gesicht, und ganz tief in ihren Augen schimmerte etwas Glühendes, wie die gelben Tropfen Tokajer in der braunen Glasflasche. «Weißt du noch, wie man spielt, oder tust du nur so?»

«Ich spiele geschickter als früher und gebe nicht mehr so schnell auf.»

«Arbeitest du denn nie?» Das hatte sie nicht sagen wollen. Es war ihr herausgerutscht, weil sie so verwirrt war, dass sie nur das Falsche sagen konnte.

«Ich arbeite zwischendurch.» Nils' unverwandter Blick brannte noch immer auf ihr. «Machen Sie sich mal keine Gedanken darüber, was ich arbeite, Mrs. Ericson. Sie werden ja noch wie all die anderen.» Er streckte seine braune, warme Hand über den Tisch und legte sie auf Claras, die kalt war wie ein Eiszapfen. «Letzter Aufruf zum Spiel, Mrs. Ericson!» Clara erschauerte, und plötzlich wurden ihre Hände und Wangen ganz warm. Einen Augenblick lang lagen ihre Finger in den seinen, und sie sahen sich mit großem Ernst an. Joe Vavrika hatte die Flasche an die Lippen gesetzt und schluckte die letzten Tropfen Tokajer im Stehen. Die Sonne, die gerade hinter seiner Bar unterging, glänzte auf dem funkelnden Glas, auf seinem geröteten Gesicht und dem lockigen blonden Haar. «Siehst du», flüsterte Clara, «genau so möchte ich alt werden.»

VI

Am Tag des Scheunenfestes von Olaf Ericson stand seine Frau ausnahmsweise einmal früh auf. Johanna Vavrika hatte schon die ganze Woche lang Kuchen gebacken und Fleisch gebraten, gekocht und gewürzt, doch erst einen Tag bevor das Fest stattfinden sollte, hatte auch Clara ein Interesse daran gezeigt. Plötzlich hatte sie einen ihrer überraschend auftretenden Anfälle tatkräftiger Geschäftigkeit, sie nahm den Wagen und Eric und verbrachte den Tag am Plum Creek, wo sie auf dem sumpfigen Boden Weinranken und Goldrutenzweige sammelte, um damit die Scheune zu schmücken.

Ab vier Uhr nachmittags trafen nach und nach die Buggys und Farmwagen bei dem großen, ungetünchten Gebäude vor Olafs Haus ein. Als Nils und seine Mutter um fünf Uhr kamen, waren schon über fünfzig Leute in der Scheune, und dazu eine riesige Schar Kinder. Unten in der Scheune standen sechs lange Tische, die mit dem Geschirr von sieben prächtig gedeihenden Familien der Ericsons gedeckt waren, das man sich für diese Gelegenheit geliehen hatte. In der Mitte eines jeden Tisches lag ein großer, gelber, ausgehöhlter Kürbis, in dem wilder Wein steckte. In einer Ecke der Scheune war hinter einem Stapel grün-weiß gestreifter Wassermelonen ein Kreis aus Stühlen für die alten Leute aufgestellt worden; die jüngeren Gäste saßen auf Scheffeln oder Stacheldrahttrommeln, und die Kinder tollten auf dem Heuboden herum. Die Boxen für die Tiere hatte Clara in kleine Stände verwandelt. Die Holzbalken waren hinter Goldrutenzweigen und Weizengarben versteckt, und über den Trennwänden hingen Reben wilden Weins voller Trauben. An einem dieser Stände wachte Johanna Vavrika über ihre Braten, die ausreichten, um eine ganze Armee zu verpflegen; und im nächsten hatten ihre Küchenmädchen die Behälter mit Eiscreme aufgereiht, und Clara selbst war schon eifrig dabei, im Wettlauf gegen die Uhr Kuchen und Pasteten aufzuschneiden, um rechtzeitig fertig zu sein. Am dritten Stand schenkte die kleine Hilda in einem leuchtend rosa Leinenkleidchen den ganzen Nachmittag hindurch Limonade aus. Als Mann im Licht der Öffentlichkeit hatte Olaf es nicht für ratsam befunden, Bier in seiner Scheune auszuschenken; doch Joe Vavrika hatte zwei gewaltige Korbflaschen auf seinem Buggy versteckt, und kaum war er angekommen, wurde der Wagenschuppen oft und gern von den Männern besucht.

«Hat Cousine Clara das alles nicht wunderschön hergerichtet?», fragte die kleine Hilda leise, als Nils zu ihrer Box kam und um eine Limonade bat.

Nils lehnte sich an den Stand, unterhielt sich mit dem aufgeregten kleinen Mädchen und beobachtete die Leute. Die Scheune ging nach Westen hinaus, und die Sonne, die durch die großen Tore hereinströmte, füllte das Innere mit goldenem Licht, durch das feine Staubkörnchen flirrten, die vom Heuboden kamen, wo die Kinder herumtobten. Aus der Box nebenan drang lautes Geschnatter herüber; dort präsentierte Johanna Vavrika den staunenden Frauen ihre mit Brathähnchen überhäuften Platten, die ganzen Braten, gekochten Zungen und gebackenen Schinken, deren knusprige, braune Kruste mit Gewürznelken gespickt und mit Kräutern und Petersilie garniert war. Nachdem die älteren Frauen sich davon überzeugt hatten, dass es zwanzig verschiedene Sorten Kuchen gab, von den Plätzchen ganz zu schweigen, und dazu noch drei Dutzend üppige Pasteten, begaben sie sich in die Ecke hinter den aufgestapelten Wassermelonen, legten ihre weißen Schürzen an und machten sich an ihre Handarbeiten. Es war eine vortreffliche Runde alter Frauen, und ein holländischer Maler wäre entzückt gewesen, sie dort beisammensitzen zu sehen, wo die Sonne leuchtende Flecken auf den Boden zeichnete und lange, zitternde Goldstrahlen durch die dämmrigen Schatten hoch oben unter den Dachsparren sandte. Da gab es runde, rosige alte Frauen, denen es in ihren schwarzen Sonntagskleidern heiß zu sein schien; magere, wachsame alte Frauen mit braunen, von dunklen Adern durchzogenen Händen; und es gab ein paar Frauen von geradezu hünenhafter Gestalt, die um nichts weniger groß und kräftig waren als die alte Mrs. Ericson selbst. Einige von ihnen hatten eine Brille aufgesetzt, und die alte Mrs. Svendsen, eine

Dänin, die fast ganz kahl war, trug als Einzige eine Haube. Mrs. Oleson, die zwölf erwachsene Enkelkinder hatte, konnte noch immer zwei blonde Zöpfe vorweisen, die so dick waren wie ihre Handgelenke. Unter all diesen Großmüttern sah man mehr braune Schöpfe als weiße. Sie alle machten einen frohgemuten, festlichen Eindruck, als wären sie mit sich und dem Leben vollends zufrieden. Nils, der an Hildas Limonadenstand lehnte, sah ihnen zu, wie sie dort beisammensaßen und in vier Sprachen miteinander plauderten, wobei sich ihre Finger ebenso schnell bewegten wie ihre Zungen.

«Sieh sie dir an, dort drüben», flüsterte er und hielt Clara fest, die gerade an ihm vorüberging. «Sind sie nicht die wahre Alte Garde? Dreißig Hände habe ich eben gezählt. Die haben zu ihrer Zeit bestimmt so manchem Huhn den Hals umgedreht und so manchem Knaben die Jacke gewärmt.»

In Wahrheit wurde er von Verwunderung ergriffen, wenn er an die Herkulesarbeiten dachte, die diese fünfzehn Händepaare verrichtet hatten: an die Kühe, die sie gemolken, und die Butter, die sie gemacht hatten; an die Gärten, die sie angepflanzt, und die Kinder und Enkel, die sie großgezogen hatten; an die Besen, die sie abgenutzt, und die Berge von Essen, die sie gekocht hatten. Ihm wurde ganz schwindlig. Clara Vavrika schenkte ihm ein schmallippiges, unergründliches Lächeln und ging schnell weiter. Nils' Blick folgte der weißen Gestalt, die in Richtung des Hauses verschwand. Er schaute ihr nach, wie sie allein im Sonnenlicht dahinschritt, sah ihre schmalen, trotzigen Schultern und den kleinen, eigensinnigen Kopf mit den blauschwarzen Locken. «Nein», dachte er bei sich, «sie wird niemals wie die anderen, und wenn sie noch hundert Jahre hier lebt. Sie würde nur immer verbitterter werden. Ein wildes Geschöpf kann man nicht zähmen; man kann es nur anketten. Die Menschen sind nicht alle gleich. Ich darf den Mut nicht verlieren.» Er zog Hilda zum Abschied kurz an den Zöpfen und ging Clara hinterher. «Wohin des Wegs?», fragte er, als er in der Küche auf sie stieß.

«Ich hole eingelegte Früchte aus dem Keller.»

«Lass mich doch mitkommen. Ich war noch keinen Moment mit dir allein. Warum gehst du mir aus dem Weg?»

Clara lachte. «Für gewöhnlich versuche ich, niemandem *in* den Weg zu geraten.»

Nils folgte ihr die Treppen hinunter und in die hintere Ecke des Kellers, wo ein kleines Fenster einen Lichtstrahl in den Raum fallen ließ. Clara nahm ein paar Einmachgläser, die von Johanna mit sorgfältiger Hand beschriftet waren, von einem Bord. Nils hielt eine braune Flasche in die Höhe. «Was ist das? Sieht gut aus.»

«Das ist es auch. Das ist ein französischer Branntwein, den Vater mir zur Hochzeit geschenkt hat. Möchtest du einen Schluck? Hast du einen Korkenzieher dabei? Ich hole Gläser.»

Als sie die Gläser brachte, nahm Nils sie ihr ab und stellte sie auf das Fenstersims. «Clara Vavrika, weißt du eigentlich noch, wie verrückt ich immer nach dir war?»

Clara zuckte die Schultern. «Jungs sind immer nach der einen oder anderen verrückt. Ich wage sogar zu behaupten, dass irgendein Dummkopf auch einmal verrückt nach Evelina Oleson war. Du bist jedenfalls schnell drüber weggekommen.»

«Du meinst, weil ich nicht zurückgekommen bin? Ich musste es nun mal zu was bringen, und am Anfang war es wirklich nicht leicht, vorwärts, zukommen. Und dann erfuhr ich, dass du Olaf geheiratet hast.»

«Und dann hast du dich möglichst fern von einem gebrochenen Herzen gehalten», lachte Clara.

«Und dann fing ich an, mehr über dich nachzudenken, als ich es seit meinem Fortgang je getan hatte. Ich fing an, mich zu fragen, ob du wirklich so bist, wie du mir immer vorgekommen bist, als ich noch ein junger Bursche war. Ich dachte, dass ich das gern herausfinden würde. Ich hatte eine Menge Mädchen, aber keins hat mich je so in seinen Bann gezogen. Je mehr ich an dich dachte, desto besser konnte ich mich daran erinnern, wie es einmal war – als ob man eine wilde Melodie hörte, die einen des Nachts herausruft und der man nicht widerstehen kann. Es war schon eine ganze Weile her, dass mich irgendetwas dermaßen erschüttert hat, und ich fragte mich, ob es wohl etwas gibt, was mich wieder so erschüttern kann.» Nils schob die Hände in die Jackentaschen und straffte die Schultern, so wie seine Mutter manchmal die Schultern straffte, so wie Olaf, auf eine schwerfälligere Art, die Schultern straffte. «Also dachte ich, ich komme zurück und finde es heraus. Natürlich hat die Familie versucht, mich übers Ohr zu hauen, und ich dachte wirklich, ich sollte Vaters Testament hervorziehen und einen richtigen Wirbel veranstalten. Aber sie können ihr Land behalten; sie haben genug Schweiß da reingesteckt.» Er nahm die Flasche und goss die beiden Gläser vorsichtig randvoll. «Ich habe herausgefunden, was ich von den Ericsons haben will. Lass uns trinken, Clara: *Skoal!*» Er hob sein Glas, und Clara griff mit niedergeschlagenen Augen nach ihrem. «Sieh mich an, Clara Vavrika. *Skoal!*»

Sie hob ihren glühenden Blick und antwortete leidenschaftlich: «*Skoal!*»

Das Abendessen in der Scheune begann um sechs Uhr und dauerte zwei ausgelassene Stunden lang. Yense Nelson hatte gewettet, dass er zwei ganze Brathähnchen essen könne, und er gewann die Wette. Eli Swanson verputzte sage und schreibe zwei Sahnetorten, und Nick Hermanson verdrückte eine Schokoladentorte bis auf den letzten Krümel. Sogar für die Kinder gab es ein Plätzchenwettessen, und ein magerer, schmalbrüstiger böhmischer Junge vertilgte sechzehn Stück und gewann den Preis, ein Schwein aus Lebkuchen, das Johanna Vavrika liebevoll mit roten Zuckerperlen und Karamellzucker verziert hatte. Fritz Sweiheart, der deutsche Zimmermann, gewann das Essiggurkenwettessen, verschwand aber bald danach und ward für den Rest des Abends nicht mehr gesehen. Joe Vavrika meinte, Fritz hätte die Essiggurken ja ohne Probleme vertragen, doch er habe zu oft von den Korbflaschen auf Joes Buggy gekostet, ehe er sich zu Tisch gesetzt habe.

Während das Essen abgeräumt wurde, stimmten die beiden Geigenspieler ihre Instrumente für den Tanz. Clara sollte sie auf ihrem alten Klavier begleiten, das vom Haus ihres Vaters herbeigeschafft worden war. Nils hatte inzwischen alte Bekanntschaften aufgefrischt. Seit er unten im Keller mit Clara gesprochen hatte, war er eifrig dabei, all den alten Frauen zu erzählen, wie jung sie doch aussähen, und all den jungen, wie hübsch sie seien; und den Männern versicherte er, dass sie in dieser Gegend das beste Ackerland der ganzen Welt besäßen. Er schmeichelte sich bei allen so ein, dass Mrs. Ericsons Freundinnen schon bald zu ihr kamen und ihr sagten, wie glücklich sie doch sein müsse, ihren gescheiten Jungen wiederzuhaben, und dass sie ihn doch bitte dazu bringen möge, auf seiner Flöte zu spielen. Joe Vavrika, der, wenn er seinen Rheumatismus vergaß, noch immer sehr gut spielen konnte, schnappte sich die Geige von Johnny Oleson und fiedelte eine verrückte böhmische Tanzmelodie, die den Saal in Stimmung brachte. Als er den Bogen sinken ließ, war jedermann zum Tanz bereit.

Olaf, in einem Gehrock und mit festlich gebundener Krawatte, führte mit seiner Mutter den Eröffnungstanz an. *Davor* hatte sich Clara wohlweislich gedrückt, indem sie am Klavier sitzen blieb. Sie spielte den Marsch mit einer übertrieben schwülstigen Feierlichkeit, die den verlorenen Sohn, der hinüberging und sich hinter sie stellte, sehr belustigte.

«Aber trägst du da nicht ein bisschen zu dick auf, Clara Vavrika? Und bist du nicht froh, mich hier zu haben, sonst wäre all dein Witz doch nur vergeudet.»

«Ich bin es gewohnt, meinen Witz für mich allein zu genießen. Das rettet mir das Leben.»

Die Geigen stimmten eine Polka an, und Nils stürzte Joe Vavrika in tiefe Fassungslosigkeit, als er Evelina Oleson, die hässliche Lehrerin, aufforderte. Seine nächste Tanzpartnerin war ein fettes schwedisches Mädchen, das, obwohl es einiges geerbt hatte, von niemandem um den ersten Tanz gebeten worden war und in seinen engen hochhackigen Schuhen an die Wand gelehnt dagestanden und nervös an einem Spitzentaschentuch herumgenestelt hatte. Es war schnell außer Atem, und so brachte Nils das hocherfreute, heftig schnaufende Mädchen zurück zu seinem Platz und ging zum Klavier hinüber, von wo aus Clara seine Galanterien beobachtet hatte. «Fordere Olena Yenson auf», flüsterte sie. «Sie tanzt wunderbar Walzer.»

Auch Olena war recht mollig, doch auf eine sanfte, schwerfällige Weise hübsch, mit ihrer hellen Haut und dem gutmütigen, schläfrigen Blick. Sie duftete nach Veilchenpuder und hatte warme, weiche, weiße Hände, aber sie tanzte einfach himmlisch, bewegte sich geschmeidig wie die hereinkommende Flut. «Das hat wirklich Spaß gemacht», sagte Nils, als er sie wieder freigab. «Reservierst du den nächsten Walzer für mich? Jetzt muss ich mit meiner kleinen Cousine tanzen.»

Hilda wurde schrecklich aufgeregt, als Nils zu ihrem Stand kam und ihr den Arm bot. Ihre kleinen Augen funkelten, doch sie verkündete, sie könne die Limonade nicht unbeaufsichtigt lassen. Die alte Mrs. Ericson, die in diesem Moment zufällig vorüberging, meinte, sie werde sich darum kümmern, und Hilda kam aus der Box, ihr Gesicht so rosa wie ihr rosa Kleid. Der nächste Tanz war ein Schottentanz, und sogleich standen ihr die blonden Zöpfchen geradezu senkrecht vom Kopf ab. «Bravo!», rief Nils aufmunternd. «Wo hast du denn so gut tanzen gelernt?»

«Das hat mir meine Cousine Clara beigebracht», keuchte das kleine Mädchen.

Nils entdeckte Eric, der mit ein paar anderen Jungen herumsaß, die zu linkisch oder zu schüchtern zum Tanzen waren, und sagte ihm, dass er den nächsten Walzer mit Hilda tanzen müsse.

Der Junge zog die Schultern hoch. «Oje, Nils, ich kann nicht tanzen. Meine Füße sind viel zu groß; ich sehe lächerlich aus.»

«Denk nicht über so was nach. Es ist ganz egal, wie ein Junge aussieht.»

Noch nie hatte Nils ihm gegenüber einen so scharfen Ton angeschlagen, und Eric kletterte hastig aus seiner Ecke hervor und bürstete sich das Stroh von der Jacke.

Clara nickte beifällig. «Gut gemacht, Nils. Ich habe schon versucht, ihn ausfindig zu machen. Sie tanzen sehr hübsch zusammen; manchmal spiele ich für sie.»

«Ich bin dir sehr dankbar, dass du ihm das Tanzen beigebracht hast. Es gibt keinen Grund, weshalb ein Flegel aus ihm werden sollte.»

«Das wird er nie sein. Er gleicht dir mehr als irgendeinem anderen von ihnen. Nur deinen Mut, den hat er nicht.» Aus ihren schräg stehenden Augen warf Clara ihm einen ihrer schnellen, flammenden Blicke zu, anerkennend und herausfordernd zugleich; einen dieser Blicke, die sie nur selten einem Menschen schenkte und der zu sagen schien: «Ja, ich bewundere dich, aber ich bin dir ebenbürtig.»

Es erwies sich, dass Clara ein weit besserer Gastgeber war als Olaf, der sich, als das Abendessen einmal vorüber war, für nichts anderes mehr zu interessieren schien als für die Laternen. Um die Festlichkeiten zu beleuchten, hatte er aus der Stadt einen Lokomotivscheinwerfer mitgebracht, und nun schlich er unablässig um ihn herum, als befürchtete er, das Scheinwerferlicht allein könnte seine neue Scheune in Brand setzen. Seine Frau dagegen war zu all ihren Gästen herzlich und lebhaft, ja sogar heiter. Das dunkle Lachsrot ihrer Wangen glühte feurig, und ihre Augen sprühten vor Leben. Sie überließ das Klavier der fetten schwedischen Erbin, zog ihren Vater aus der Ecke, in der er mit seinen Kumpanen gesessen und geschwatzt hatte, und brachte ihn dazu, einen böhmischen Tanz mit ihr zu tanzen. In seiner Jugend war Joe für seine Tanzkünste berühmt gewesen, und seine Tochter entlockte ihm eine solche Gelenkigkeit, dass sich alle um sie herum setzten und ihnen applaudierten. Besonders die alten Damen waren entzückt und bestürmten die beiden, den Tanz noch einmal zu tanzen. In ihrer Ecke, aus der heraus sie alles beobachteten und kommentierten, klopften die alten Frauen mit Füßen und Händen im Takt, und wann immer die Geigen eine neue Melodie anstimmten, fing die weiße Haube der alten Mrs. Svendsen zu wippen an.

Clara tanzte gerade einen Walzer mit Eric, als Nils zu ihnen herüberkam, seinen kleinen Bruder zur Seite schob und sie durch die Menge der Tanzenden wirbelte. «Weißt du noch, wie wir immer auf Rollschuhen auf der alten Rollschuhbahn in der Stadt Walzer getanzt haben? Das macht heute wahrscheinlich niemand mehr. Stundenlang haben wir da immer getanzt. Wir haben nie so ziellos herumgetändelt wie die anderen Jungs und Mädchen. Mit uns war es todernst, von Anfang an. Als wir am heftigsten ineinander verliebt waren, haben wir immer miteinander gekämpft. Du hast einen immer gekniffen; deine Finger waren wie kleine Zangen. Eine richtige Schnappschildkröte, das warst du. Lieber Himmel, wie gut dir Stockholm doch gefallen würde! Im Sommer kann man die ganze Nacht draußen vor den Straßencafés sitzen und plaudern. Es ist wie ein großer Empfang – Offiziere und feine Damen und lauter komische Engländer. Die Schweden sind das fröhlichste Volk auf der ganzen Welt, wenn man sie erst einmal in Fahrt gebracht hat. Die ganze Zeit trinken sie irgendwas – Champagner gemischt mit dunklem Bier, halbe-halbe; sie servieren es aus großen Krügen und reichlich. Die haben einen ruhigen Puls, weißt du; die können eine Menge vertragen. Wenn sie erst einmal aufleuchten, dann sind sie wie Glühwürmchen, das sag ich dir.»

«Trotzdem, in Wirklichkeit magst du gar keine fröhlichen Menschen.»

«*Ich* mag keine fröhlichen Menschen?»

«Nein; das habe ich gesehen, als du heute Nachmittag die alten Frauen dort drüben beobachtet hast. Letztlich sind das die Menschen, die du wirklich bewunderst; Frauen wie deine Mutter. Und genau so eine Frau wirst du einmal heiraten.»

«Werde ich das, Fräulein Neunmalklug? Du wirst schon noch sehen, wen ich einmal heirate, und diese Frau wird sich keinerlei häuslicher Tugenden rühmen können. Eine Schnappschildkröte wird sie sein, und sie wird mir gewachsen sein. Trotzdem ist es eine prachtvolle Runde alter Damen dort drüben. Du selbst bewunderst sie auch.»

«Nein. Ich verabscheue sie.»

«Das wird sich ändern, wenn du erst einmal von Stockholm oder Budapest aus an sie zurückdenkst. Die Freiheit glättet all diese Wogen. Ach, aber du bist wirklich das wahre böhmische Mädchen, Clara Vavrika!» Nils lachte auf ihre finster gerunzelte Stirn hinab und fing an zu singen, um sie aufzuziehen:

Oh, how could a poor gypsy maiden like me
Expect the proud bride of a baron to be?

Clara umklammerte seine Schulter. «Schschscht, Nils; alle schauen dich an.»

«Das ist mir egal. Darüber können sie sich nicht das Maul zerreißen. Das bleibt alles in der Familie, wie die Ericsons zu sagen pflegen, wenn sie das väterliche Erbe der kleinen Hilda unter sich aufteilen. Außerdem werden wir ihnen schon noch genug Gesprächsstoff liefern, wenn wir uns erst einmal aus dem Staub gemacht haben. Du lieber Himmel, das wird ein echtes Geschenk Gottes für sie sein! Seit dem Jahr mit der Heuschreckenplage haben sie keinen so aufregenden Klatsch mehr gehabt. Das wird sie zu neuem Leben erwecken. Und die Stimmen der Böhmen wird Olaf auch nicht verlieren. Sie können sich über ihn lustig machen, und deshalb werden sie ihm erst recht alle ihre Stimme geben. Sie werden ihn in den Kongress schicken. Und sein Scheunenfest werden sie niemals vergessen, und uns auch nicht. Sie werden sich immer daran erinnern, wie wir jetzt zusammen tanzen. Um uns werden sich Legenden ranken. Wo bleibt mein Walzer, Jungs?», rief er, als sie an den Geigern vorüberwirbelten.

Die Musiker lachten, sahen einander an, zögerten kurz und stimmten dann eine neue Melodie an; und Nils sang dazu, während die Paare von einem schnellen Tanz in ein langsames, fließendes Gleiten wechselten:

When other lips and other hearts
Their tale of love shall tell,
In language whose excess imparts
The power they feel so well.

Die alten Frauen klatschten eifrig in die Hände. «Was ist dieser Nils doch für ein fröhlicher Bursche!» Und die Haube der alten Mrs. Svendsen schlingerte im gemächlichen Takt des Tanzes verträumt von einer Seite auf die andere.

Of days that have as ha-a-p-py been,
And you'll remember me.

VII

Der Mondschein ergoss sich über das weite, stille Land. Die abgeernteten Felder lagen gelb in seinem Licht. Die Heuschober und die Reihe Pappeln, die den Wind abhielten, warfen scharfe, schwarze Schatten. Die Straßen waren weiße Flüsse aus Staub. Der Himmel war von einem tiefen Kristallblau, und vereinzelt blinkten blasse Sterne auf. Alles schien sich ergeben zu haben, schien unter diesem großen, goldenen, sanften Mittsommermond in den Schlaf gesunken zu sein. Seine Pracht schien dem Leben und dem Schicksal der Menschen weit entrückt. Die Sinne waren zu schwach, um diese Pracht zu erfassen, und wann immer man zum Himmel emporblickte, fühlte man sich ihr nicht gewachsen, als säße man taub unter den Wellen eines gewaltigen Flusses oder einer gewaltigen Melodie. Nicht weit von der Straße lag Nils Ericson gegen einen Heuschober gelehnt auf Olafs Weizenfeld. Sein Leben kam ihm fremd und seltsam vor, als hätte er darüber gelesen oder davon geträumt und es dann wieder vergessen. Er lag reglos da und betrachtete die weiße Straße, die vor seinen Augen verlief, sich in den Feldern verlor und dann, in einiger Entfernung, auf einem kleinen Hügel wieder auftauchte. Endlich sah er etwas, das sich schnell auf diesem weißen Band dahinbewegte, und er sprang auf und ging zum Feldrain. «Jetzt reitet sie gerade an den Pappeln vorbei», dachte er.

Er hörte das gedämpfte Trappeln von Hufen auf der staubigen Straße, und als sie wieder in Sicht kam, trat er hervor und winkte mit den Armen. Dann trat er, aus Furcht, das Pferd zu erschrecken, wieder zurück und wartete. Clara hatte ihn gesehen und kam im Schritt herangeritten. Nils nahm das Pferd bei der Trense und strich ihm über den Hals.

«Was machst du so spät noch hier draußen, Clara Vavrika? Ich bin bei eurem Haus gewesen, aber Johanna sagte mir, dass du zu deinem Vater geritten seist.»

«Wer kann denn an einem solchen Abend im Haus bleiben? Bist du nicht selbst hier draußen?»

«Ah, aber das ist etwas anderes.»

Nils lenkte das Pferd ins Feld.

«Was machst du da? Wo führst du Norman hin?»

«Nicht weit weg, aber ich möchte heute Abend mit dir reden; es gibt etwas, was ich dir sagen möchte. Bei euch zu Hause kann ich nicht mit dir reden, wo Olaf draußen auf der Veranda sitzt und tausend Tonnen wiegt.»

Clara lachte. «Da sitzt er jetzt bestimmt nicht

mehr. Um diese Zeit ist er schon im Bett und schläft – und wiegt tausend Tonnen.»

Nils stapfte weiter über das Stoppelfeld. «Willst du wirklich den Rest deines Lebens so verbringen, Abend für Abend, Sommer für Sommer? Hast du an einem Abend wie diesem wirklich nichts Besseres zu tun, als übers Land zu deinem Vater und wieder zurück zu galoppieren und dich und Norman völlig zu verausgaben? Und abgesehen davon wird dein Vater auch nicht ewig leben, das weißt du. Seine kleine Bar wird geschlossen oder verkauft werden, und dann hast du niemanden mehr außer den Ericsons. Dann wirst du dich ganz schön warm anziehen müssen.»

Clara bewegte unruhig den Kopf hin und her. «Sprich nicht über diese Dinge. Ich versuche, nie daran zu denken. Wenn ich Vater verliere, dann verliere ich alles, selbst meine Kontrolle über die Ericsons.»

«Unsinn! Du würdest noch viel mehr verlieren. Du würdest deinesgleichen verlieren, alles, was dich zu dem macht, was du bist. Du hast schon viel davon verloren.»

«Wovon?»

«Von deiner Liebe zum Leben, deiner Fähigkeit, dich zu freuen.»

Clara schlug sich die Hände vors Gesicht. «Das ist nicht wahr, Nils Ericson, das ist nicht wahr! Du kannst alles zu mir sagen, nur das nicht. Das lasse ich nicht zu!», rief sie heftig.

Nils führte das Pferd zu einem Heuschober und drehte sich zu Clara um; er sah ihr aufmerksam ins Gesicht, so wie er sie an jenem Sonntagnachmittag bei Vavrika angesehen hatte. «Aber wieso kämpfst du so sehr darum? Wozu ist es gut, etwas genießen zu können, wenn du doch nie etwas genießt? Deine Hände sind schon wieder kalt; wovor fürchtest du dich nur die ganze Zeit? Ach, du hast Angst, deine Lebenslust zu verlieren, das also ist los mit dir! Und du wirst sie verlieren, Clara Vavrika, du wirst sie verlieren! Als ich dich noch kannte – hör mir zu; du hast einen wilden Vogel in deiner Hand gefangen, nicht wahr, und du hast sein Herz gefühlt, das so heftig schlug, dass du Angst hattest, es würde seinen kleinen Körper zerspringen lassen. Nun, genau so warst du auch einmal, ein zierliches, lebenshungriges Ding voll ungestümer Freude. So habe ich dich in meiner Erinnerung behalten. Und dann komme ich zurück und finde dich – eine verbitterte Frau. Das hier ist doch der reinste Kampf unter Frettchen; du lebst, um zu beißen und gebissen zu werden. Weißt du denn nicht mehr, wie das Leben einmal war? Kannst du dich nicht mehr an die Freuden von damals erinnern? Ich habe sie nie vergessen oder je wieder etwas Ähnliches erlebt, weder an Land noch auf See.»

Er lenkte das Pferd in den Schatten des Heuschobers. Clara fühlte, wie er ihren Fuß aus dem Steigbügel nahm, und weich glitt sie hinab in seine Arme. Er küsste sie sachte. Er war ein sehr bedächtiger Mann, doch wenn er etwas wollte, dann hatte er Nerven wie Drahtseile. Ein Aufblitzen ging von ihm aus, wie bei einem Messer, das man aus der Scheide zieht. Clara fühlte, wie alles von ihr abfiel; sie wurde von den Wogen der Sommernacht mitgerissen. Er schob die Hand in die Tasche, zog sie wieder hervor und streckte dann den Arm aus. «Schau her», sagte er. Der Schatten des Heuschobers fiel genau über sein Handgelenk, und auf seiner Handfläche sah sie einen Silberdollar schimmern. «Das ist mein ganzer Reichtum», raunte er. «Willst du mit mir fortgehen?»

Clara nickte und ließ die Stirn an seine Schulter sinken.

Nils holte tief Luft. «Willst du heute Nacht mit mir fortgehen?»

«Wohin?», flüsterte sie matt.

«In die Stadt, um den Expresszug um Mitternacht zu nehmen.»

Clara hob den Kopf und rief sich zur Vernunft. «Bist du verrückt geworden, Nils? So können wir doch nicht von hier fortgehen.»

«Nur so werden wir überhaupt jemals gehen. Du kannst dich nicht hinsetzen und darüber nachdenken. Du musst dich einfach hineinstürzen. So habe ich es immer gemacht, und für Menschen wie dich und mich ist das genau der richtige Weg. Es gibt nichts Gefährlicheres, als still in der Ecke zu sitzen. Du hast nur ein Leben, nur eine Jugend, und wenn du willst, kannst du sie dir natürlich durch die Finger rinnen lassen; nichts ist leichter als das. Die meisten Leute machen es so. Aber du wärst immer noch besser dran, wenn du mit mir durch die Lande vagabundieren würdest, als wenn du hierbleibst.» Nils fasste sie am Kinn und sah ihr in die Augen. «Aber so ein Vagabund bin ich gar nicht, Clara. Du wirst nicht für andere Leute nähen müssen. Ich arbeite bei einer norwegischen Schifffahrtsgesellschaft und bin geschäftlich in unsere New Yorker Büros gereist, doch jetzt fahre ich schnurstracks wieder zurück nach Bergen. Ich denke, ich bin genauso reich wie die Ericsons. Vater hat mir ein bisschen Geld für den Anfang geschickt. Davon haben sie nie etwas erfahren. Das wollte ich dir eigentlich gar nicht sagen; ich wollte, dass du auch so den Mut findest mitzukommen.»

Clara blickte über die Felder. «Das ist es gar nicht, Nils, aber irgendetwas hält mich zurück. Ich habe Angst, dagegen aufzubegehren. Ich glaube, es kommt aus der Erde hier.»

«Das Gefühl kenne ich gut. Man muss sich losreißen. Du wirst hier nicht gebraucht. Dein Vater wird es verstehen; er ist aus demselben Holz geschnitzt wie wir. Und was Olaf betrifft, für den wird Johanna besser sorgen, als du es jemals könntest. Jetzt oder nie, Clara Vavrika. Mein Koffer ist am Bahnhof; ich habe ihn gestern dorthin geschmuggelt.»

Clara klammerte sich an ihn und verbarg ihr Gesicht an seiner Schulter. «Nicht heute Nacht», flüsterte sie. «Setz dich zu mir heute Nacht, und rede mit mir. Heute Nacht möchte ich nirgends hingehen. Vielleicht werde ich dich nie wieder so sehr lieben wie in diesem Augenblick.»

Nils lachte grimmig. «So kannst du mir nicht kommen, Clara Vavrika. So geht das nicht bei mir. Erics Stute steht dort hinter den Schobern, und ich bin mit dem Mitternachtsexpress weg. Es heißt entweder Lebewohl oder zusammen mit mir hinaus in die Welt. Mein Zug wartet nicht. Ich habe Olaf einen Brief geschrieben, den ich in der Stadt aufgeben werde. Wenn er ihn gelesen hat, wird er uns in Ruhe lassen – jedenfalls so, wie ich ihn kenne. Er wird lieber das Land haben wollen. Davon ganz abgesehen könnte ich verlangen, dass einmal untersucht wird, wie er Vetter Henriks Erbe verwaltet, und für einen Mann im Licht der Öffentlichkeit wäre so etwas gar nicht gut. Ich weiß, du hast keine Kleider dabei; aber du kannst jetzt aufsitzen, und wir können alles unterwegs besorgen. Wo ist bloß dein alter Schneid geblieben, Clara Vavrika? Was ist aus deinem böhmischen Blut geworden? Ich dachte immer, du hättest genug Mut, um alles zu wagen. Wo ist dein Mumm – worauf wartest du noch?»

Clara nahm den Kopf von seiner Schulter, und

er sah das Feuer in ihren Augen glimmen. «Darauf, dass du etwas ganz Bestimmtes sagst, Nils Ericson.»

«Das werde ich niemals sagen, Clara Vavrika, zu keiner Frau.» Er beugte sich zurück, hob sie sanft in die Höhe und flüsterte zwischen den Zähnen hindurch: «Aber ich werde dich nie, niemals von mir fortlassen, zu keinem anderen Mann auf der ganzen Welt! Verstehst du, was ich sage? Und jetzt warte hier.»

Clara sank auf eine Weizengarbe hinab und verbarg ihr Gesicht in den Händen. Sie wusste nicht, was sie tun würde – ob sie gehen oder bleiben würde. Das weite, schweigende Land schien sie ganz in seinen Bann zu ziehen. Die Erde schien sie festzuhalten, als wäre sie darin verwurzelt. Ihre Knie wurden weich. Sie hatte das Gefühl, als könnte sie es nicht ertragen, von ihren alten Sorgen, ihrer alten Unzufriedenheit losgelöst zu werden. Sie waren ihr lieb geworden, hatten sie am Leben erhalten, waren ein Teil von ihr. Riss man sie von ihnen los, so würde nichts mehr von ihr übrig bleiben. Nie könnte sie jenen Horizont hinter sich lassen, gegen den ihr rastloses Wesen so viele Male angestürmt war. Sie hatte das Gefühl, als hätte ihre Seele sich dort ein Nest gebaut, an diesem Horizont, auf den sie jeden Morgen und jeden Abend blickte, und er war ihr so teuer geworden, so unbeschreiblich teuer. Sie presste die Finger gegen die Augen, um all das zu vertreiben. Auf der weichen Erde neben sich hörte sie die schweren Tritte von Pferden. Nils sagte kein Wort zu ihr. Er packte sie unter den Armen und hob sie mühelos in ihren Sattel. Dann schwang er sich auf sein eigenes Pferd.

«Wir müssen schnell reiten, um den Mitternachtsexpress noch zu erreichen. Ein letzter Galopp, Clara Vavrika. Los geht's!»

Ein kurzes Aufbäumen, das dumpfe Getrappel von Hufen auf der mondbeschienenen Straße, zwei dunkle Schatten, die über den Hügel glitten; und dann lag das weite, schweigende Land ungerührt in der tiefblauen Nacht. Zwei Schatten waren vorübergezogen.

VIII

Ein Jahr nachdem Olaf Ericsons Frau fortgelaufen war, schnaufte der Nachtzug durch die Ebenen von Iowa. Die Laterne über den Arm gehängt, eilte der Schaffner durch einen der Wagen, als ein hoch aufgeschossener blonder Junge sich in einem der Samtsitze aufsetzte und ihn an der Jacke zupfte.

«Bitte, Sir, wo halten wir als Nächstes?»

«In Red Oak, Iowa. Aber du fährst doch bis nach Chicago, oder nicht?» Er schaute hinab und bemerkte, dass die Augen des Jungen gerötet waren und sein Gesicht ganz angespannt aussah, als wäre er in großer Unruhe.

«Doch. Aber ich habe mich gefragt, ob ich nicht beim nächsten Halt aussteigen und einen Zug zurück nach Omaha nehmen könnte.»

«Nun, ich denke schon, dass das geht. Kommst du aus Omaha?»

«Nein. Ich komme aus dem Westen des Staates. Wie bald sind wir in Red Oak?»

«In vierzig Minuten. Du solltest dich besser entscheiden, damit ich dem Gepäckschaffner sagen kann, er soll deinen Koffer ausladen.»

«Ach, machen Sie sich bitte keine Mühe! Ich meine, ich habe gar keinen Koffer», fügte der Junge hinzu und lief rot an.

«Von zu Hause weggelaufen», dachte der Schaffner, als er die Abteiltür hinter sich zuwarf.

Eric Ericson kauerte sich in seinen Sitz und legte die braun gebrannte Hand an die Stirn. Er hatte geweint und nichts zu Abend gegessen, und er hatte heftige Kopfschmerzen. «Was soll ich nur tun?», dachte er und sah bedrückt auf seine großen Schuhe hinab. «Nils wird sich meiner schämen; ich habe keinen Funken Mumm.»

Seit Nils mit der Frau seines Bruders fortgelaufen war, war das Leben auf der Farm für Eric sehr schwer gewesen. Sowohl seine Mutter als auch Olaf verdächtigten ihn der Mitwisserschaft. Mrs. Ericson war schroff zu ihm und nörgelte nur noch an ihm herum, kränkte und demütigte den Jungen in einem fort; und Olaf stachelte sie andauernd gegen ihn auf.

Joe Vavrika erhielt oft Post von seiner Tochter. Clara hatte ihren Vater schon immer sehr lieb gehabt, und das Glück hatte sie milder gestimmt. Sie schrieb ihm lange Berichte über die Überfahrt nach Bergen und über die Reise nach Böhmen, die sie und Nils unternommen hatten, zu dem kleinen Städtchen, in dem ihr Vater aufgewachsen und sie selbst zur Welt gekommen war. Sie besuchte all ihre dortigen Verwandten und sandte ihrem Vater Neuigkeiten über seinen Bruder, der Priester war; und über seine Schwester, die einen Pferdezüchter geheiratet hatte – über deren große Farm und die reiche Kinderschar. Joe gelang es immer, Eric diese Briefe vorzulesen. Stets waren auch Botschaften für Eric und Hilda dabei. Clara schickte auch Geschenke, die Eric sich nicht traute, mit nach Hause zu nehmen, und die die arme kleine Hilda niemals zu sehen bekam, obwohl sie Eric für ihr Leben gern zuhörte, wenn sie draußen gemeinsam die Eier einsammelten und er sie ihr schilderte. Aber einmal sah Olaf, wie Eric aus Vavrikas Haus kam – der alte Mann hatte den Jungen nie in die Bar gebeten –, und er ging geradewegs zu seiner Mutter und erzählte ihr davon. An jenem Abend kam Mrs. Ericson in Erics Zimmer, als er schon im Bett lag, und machte eine fürchterliche Szene. Wenn sie wirklich wütend war, konnte sie äußerst angsteinflößend sein. Sie verbot ihm, je wieder mit Vavrika zu reden, und nach jenem Abend erlaubte sie es ihm auch nicht mehr, allein in die Stadt zu gehen. So dauerte es eine lange Zeit, bis Eric wieder etwas Neues von seinem Bruder erfuhr. Doch der alte Joe argwöhnte, was da vor sich ging, und trug Claras Briefe immer in der Tasche mit sich herum. Eines Sonntags war er ausgefahren, um einen befreundeten Deutschen zu besuchen, und da sah er Eric zufällig auf der großen Weide bei der Viehtränke sitzen. Zusammen gingen sie in Fritz Oberlies' Scheune, lasen die Briefe und sprachen über alles. Eric gab zu, dass es daheim immer schwerer für ihn wurde. Noch am selben Abend setzte der alte Joe sich hin und brachte mühevoll einen Brief an seine Tochter zu Papier, in dem er ihr den ganzen Fall schilderte.

Für Eric wurde es nicht leichter. Seine Mutter und Olaf spürten, dass er, wie streng sie ihn auch beaufsichtigen mochten, noch immer so manches «erfuhr», wie sie es nannten. Mrs. Ericson konnte kein unparteiisches Verhalten dulden. Daher hatte sie auch Johanna Vavrika zu deren Bruder zurückgeschickt, obwohl Olaf viel lieber sie bei sich behalten hätte als Anders' älteste Tochter, die seine Mutter an Johannas Stelle gesetzt hatte. Er war nicht so despotisch wie seine Mutter, und einmal meinte er mürrisch zu ihr, sie hätte ihrer Enkelin besser das Kochen beibringen sollen, bevor sie Johanna wegschickte. Für in Honig eingelegte Gewürzpflaumen hätte Olaf eine Menge ertragen, doch das Geheimnis dieses Rezepts hatte Johanna mitgenommen.

Schließlich erhielt Joe Vavrika zwei Briefe: einen von Nils, dem eine Postanweisung beilag, mit der Erics Passage nach Bergen bezahlt werden sollte, und einen von Clara, in dem stand, dass Nils eine Stelle für Eric in den Büros seiner Gesellschaft habe, dass Eric bei ihnen wohnen solle und dass sie nur auf seine Ankunft warteten. Er solle von New York aus auf einem der Schiffe von Nils' Gesellschaft reisen; der Kapitän sei einer ihrer Freunde, und Eric solle sich ihm gleich vorstellen.

Nils' Anweisungen waren so klar und deutlich, dass selbst ein Kleinkind sie hätte befolgen können, fand Eric. Und hier saß er nun, näherte sich Red Oak, Iowa, und schaukelte auf seinem Sitz verzweifelt vor und zurück. Nie zuvor hatte er seinen Bruder so sehr geliebt, und nie zuvor hatte die weite Welt so laut nach ihm gerufen. Und doch saß da ein Kloß in seinem Hals, der einfach nicht verschwinden wollte. Seit Einbruch der Nacht quälte ihn der Gedanke an seine Mutter, die allein in diesem großen Haus zurückgeblieben war, das schon so viele Männer hatte fortgehen sehen. Ihre Schroffheit kam ihm jetzt so unbedeutend vor, und ihre Einsamkeit so gewaltig. Alles, was sie je für ihn getan hatte, fiel ihm wieder ein: welche Angst sie um ihn gehabt hatte, als er sich die Hand beim Maisschälen schwer verletzt hatte; und wie sie Olaf immer daran gehindert hatte, ihn auszuschimpfen. Als Nils fortgegangen war, hatte er seine Mutter nicht ganz allein zurückgelassen, sonst wäre er nie gegangen. Da war Eric sich ganz sicher.

Die Lokomotive stieß einen Pfiff aus. Der Schaffner kam herein und lächelte gar nicht unfreundlich. «Nun, junger Mann, was wirst du tun? In drei Minuten halten wir in Red Oak.»

«Ja, vielen Dank. Ich gebe Ihnen Bescheid.» Der Schaffner ging wieder hinaus, und der Junge krümmte sich vor innerer Not. Er konnte seine einzige Chance doch nicht so verstreichen lassen. Um sich Mut zu machen, tastete er nach seiner Brusttasche und ließ Nils' Brief knistern. Er wollte nicht, dass Nils sich seiner schämte. Der Zug hielt. Plötzlich fielen ihm die freundlichen, verschmitzten Augen seines Bruders ein, die einen immer wie aus weiter Ferne anschauten. Der Kloß in seinem Hals löste sich auf. «Ach, aber Nils, Nils würde es *verstehen*!», dachte er. «Das ist ja das Besondere an Nils; er versteht einfach immer alles.»

Ein hoch aufgeschossener, blasser Junge mit einem Bündel aus Segeltuch stolperte aus dem Zug auf den Bahnsteig von Red Oak, gerade als der Schaffner rief: «Alles einsteigen!»

Am nächsten Abend saß Mrs. Ericson allein auf der vorderen Veranda in ihrem Holzschaukelstuhl. Die kleine Hilda war zu Bett geschickt worden und hatte sich in den Schlaf geweint. Die alte Frau hatte ihr Strickzeug auf dem Schoß, doch sie ließ die Hände reglos darauf liegen. Seit über einer Stunde hatte sie nicht einen Muskel bewegt. Sie saß einfach da, so wie nur die Ericsons und die Berge dasitzen können. Das Haus war dunkel, und man hörte keinen Laut außer dem Quaken der Frösche vom Teich unten auf der kleinen Weide.

Eric kam nicht auf der Straße nach Hause,

sondern über die Felder, wo niemand ihn sehen konnte. Er legte sein Bündel vorsichtig im Küchenschuppen ab und schlich lautlos über den Pfad zur vorderen Veranda. Ohne ein Wort zu sagen, setzte er sich auf die Stufen. Mrs. Ericson rührte sich nicht, und die Frösche quakten weiter. Schließlich begann der Junge zaghaft: «Ich bin zurückgekommen, Mutter.»

«Gut so», erwiderte Mrs. Ericson.

Eric beugte sich vor und las einen kleinen Zweig aus dem Gras auf.

«Soll ich die Kühe melken?», fragte er leise.

«Die sind schon vor Stunden gemolken worden.»

«Wer hat dir geholfen?»

«Geholfen? Ich habe es selbst gemacht. Ich kann die Kühe ebenso gut melken wie irgendeiner von euch.»

Eric rutschte auf der Verandastufe näher zu ihr heran. «Ach Mutter, warum hast du das gemacht?», fragte er betrübt. «Warum hast du nicht einen von Ottos Jungs um Hilfe gebeten?»

«Ich wollte nicht, dass irgendjemand erfährt, dass ich einen Jungen brauche», sagte Mrs. Ericson bitter. Sie blickte starr geradeaus und presste die Lippen aufeinander. «Ich hatte immer vor, die Farm einmal dir zu geben», fügte sie hinzu.

Der Junge heftete seinen Blick auf sie und rutschte noch ein Stück näher. «Ach Mutter», stammelte er, «die Farm bedeutet mir doch nichts. Ich bin zurückgekommen, weil ich dachte, dass du mich vielleicht brauchen könntest.» Er ließ den Kopf hängen und sprach nicht mehr weiter.

«Gut so», sagte Mrs. Ericson. Plötzlich kam ihre Hand auf ihn zu und blieb auf seinem Kopf liegen. Ihre Finger vergruben sich in seinem weichen, hellen Haar. Seine Tränen tropften auf die Holzbohlen; Glück durchströmte sein Herz.

Der Text erschien im Original erstmals im April 1912 unter dem Titel «The Bohemian Girl» im McClure's Magazine, 39.

Deutsche Erstausgabe

FSC
Mixed Sources
Product group from well-managed forests and other controlled sources
Cert no. SA-COC-001819
www.fsc.org
© 1996 Forest Stewardship Council

Verlagsgruppe Random House FSC-DEU-0100
Das für dieses Buch verwendete FSC-zertifizierte Papier *EOS* lieferte Salzer, St. Pölten.

Sonderausgabe

Umschlaggestaltung: semper smile Werbeagentur GmbH, München, unter Verwendung eines Motivs von Corbis
Gesetzt aus der Adobe Caslon von Greiner & Reichel, Köln
Druck und Einband: CPI Moravia, Pohorelice
Printed in the Czech Republic
ISBN 978-3-8135-0328-9

www.knaus-verlag.de